평범한 사람들의 위대한 인생

사
람

평범한 사람들의 위대한 인생

HISTORY

INTERVIEW
인터뷰

박용진 듣고 씀

차례

차례

프롤로그

사람 땅 동네

김주영의 소설 〈객주〉에는 송파나루 혹은 한양을 떠난 상단이 혜화문을 나서 원산방면으로 길을 나서는 모습이 나온다. 짧은 분량이지만 내용은 이렇다.

"혜화문에서 뻗어나온 길과 마주치면서 곧장 무넘잇골(水踰里)로 뻗어나갔다. 무넘잇골을 지나 도봉(道峰)을 바로 등 뒤에 두고 있는 다락원까지의 길은 송파에선 50리 길이 실하였다 …(중략)… 송파 쇠전에서 떠난 소몰이꾼들이 다락원까지 가서 기다리게 되면 관동(關東)의 장돌림들을 만나게 되고 그곳에서 거래가 이루어지는 것이었다 …(중략)… 마침 원산포에 가 있는 조성준과는 …."

- 김주영 〈객주〉 제2부. 경상(京商) 중에서

길이 험해 호랑이도 나오고 화적떼도 출몰하다보니 한양을 출발한 사람들은 지금의 의정부 땅과 서울의 경계선에 있는 다락원에서 만나 무리를 이뤄 길을 재촉했다.

그때 한양에서 원산을 잇는 길은 지금의 미아리 고개를 넘어 미아사거리역과 수유역을 잇는 바로 그 길이다. 사람과 말이 지나던 길에 이제는 땅위로 차량들이 달리고 땅 밑으로 지하철이 달리고 있으니, 사람이 길을 만들고 길은 다시 사람과 사람을 이어준다.

사람과 우마차가 다니던 시절에 길은 자연스레 험한 산을 돌아가고 넓은 내를 끼고 내달려야 했다. 원산으로 향하던 길은 그래서 병풍처럼 이어진 북한산과 도봉산을 피하고 수락산 사이를 피해 이어진다. 커다란 산에서 쏟아져 내려오던 산개울들은 모여 제법 큰 하천을 이루기 시작해 우이천으로 이어지고 중랑천으로 내달린다. 큰 비가 내릴라 치면 물이 넘쳐 온통 사방에 물난리를 만드는 일이 빈번해서 옛사람들은 이곳을 '물이 넘치는 곳'이라는 물넘이, 혹은 무네미라고 불렀고 일제 강점기 한자로 행정표기를 하면서 '수유리(水踰里)'로 명칭이 바뀌었다.

높은 곳에서 내려다보면 북한산과 도봉산 수락산과 불암산이 각각 치맛폭처럼 산자락을 펼쳐 앉은 모습이고 그 치맛폭 결을 따라 산등성이들이 달음박질쳐 내려오면서 평평한 땅을 이루어 만나는 곳이 바로 지금의 강북구, 도봉구, 노원구를 이루고 있는 지형이다. 그 우람한 산들을 병풍처럼 두르고 아늑하게 들어 앉은 지형의 땅 위에 3개 구의 행정구역을 가르고 생활권역의 책임권한을 나눴다. 강북구는 그중 가장 늦게 만들어 진 행정구역으로 1995년에 분구되었다.

이 책은 이 강북구라는 땅에 대한 이야기를 담았다.

김주영의 〈객주〉에 내가 살고 있는 동네의 이야기를 보고 이상하게 가슴이 뛰었다. 그 책을 읽었던 때가 감옥살이를 하고 있던 2002년 쯤이었을 것이다. 독방 감옥에서 혼자살이를 하고 있던 중이라 감성이 풍부해져 있었던 탓일지도 모른다. 내가 살고 있던 동네의 옛 흔적을 이렇게 소설에서 찾을 수 있다는 것이 마냥 신기했다.

마침 내가 다녔던 신일중·고등학교의 교가에도 소설 속 상단들이 다녔던 길, '원산가도'에 대해 한 소절이 나온다. '저 원산가도 백두산까지 위대한 소망 이어진다'는 구절이다. 게다가 신일학교 넓은 교정의 후문 부근에는 '무네미 동산'이라는 이름의 아름다운 정원이 있다. 아이들에게 그 이름이 '물이 넘쳐 흐르는 곳'이라는 옛 지명에서 따온 것이라는 선생님들의 친절한 설명이 있었던 덕에 소설의 그 짧은 구절에서 살고 있는 동네의 흔적을 쉽게 찾을 수 있었다.

그러니까 처음 서울로 편입되기 전 경기도 양주 땅이었던 한미한 땅, 문화재나 관광지 따위는 존재하지도 않는다고 생각했던 변두리 땅, 내가 살고 있는 강북구의 이야기에 귀를 기울여 봐야겠다고 생각한 것은 꽤 오래된 2002년부터 시작된 일이다.

강북구는 도봉구로부터 분구되었다.

성북구의 땅도 조금 넘겨 받았다. 강북구는 1995년에 인구 41만 2600명, 18개 행정동, 전체 면적 22.97㎢로 출발했다. 강북구의 처음 명칭은 숭인구로 정해질 뻔 했다. 1994년 9월 22일부터 이틀에 걸쳐 시·구의원과 지역 주민을 비롯한 1852명을 대상으로 의견을 수렴한 결과 숭인구 723명, 백운구 508명, 인수구 285명, 숭신구 94명으로 나왔기 때문이다. 당시 설문조사에서 강북구는 후보에도 없었다.

여담에 따르면 서울에 강동구, 강서구, 강남구가 있는데 강북구도 있어야 하지 않겠냐는 의견이 나오면서 강북구라는 명칭이 등장했다고 한다. 이후 10월 25일부터 2차 설문조사에 착수했고, 1896명 가운데 강북구 914명, 인수구 260명, 숭인구 192명, 백운구 530명으로 최종적으로 '강북구'라는 명칭이 정해졌다.

분구 과정에서 일부러 그랬는지 아니면 땅을 나누다 보니 어쩔 수 없었는지 모르지만 주택들만 잔뜩 모여 있는 지역으로 분구가 이루어졌다. 지역에 변변한 문화시설, 체육시설, 주민여가시설이 없었다. 빈 공간이나 땅도 없어 새로운 도시발전계획을 세울 수 없었다. 북한산국립공원, 오패산, 북서울 꿈의숲 자연 녹지가 구 면적의 절반 정도를 차지하고 있어서 뭘 들여오거나 짓고 싶어도 땅이 없어 아무것도 하지 못하는 동네가 되었다. 동네의 변화를 가져오는 일은 대규모 재개발 말고는 없었다. 주민들은 아무것도 할 수 없는 강북구에 대해 열등감마저 갖게 되었다.

동네 명칭에 대해서도 주민들은 불만이었다.

판자촌, 빈민가라는 딱지가 앉은 삼양동이라는 동네이름, 속칭 '미아리텍사스'와는 아무런 관련이 없음에도 불구하고 '어떻게 그런 동네에 사느냐?'는 눈치를 받아야 하는 미아동, 변두리의 대명사이기도 했던 수유동까지 그랬다. 굳이 물어 보지 않으면 어디에 산다고 먼저 말하지 않았다.

대학에 들어가 처음 같은 학과 동기들과 인사를 나눌 때에도, 첫 미팅에서 여대생이 어느 동네에 살고 있느냐고 물었을 때에도 강북구라는 대답에 상대의 반응은 비슷했다. 괜히 욱해서 '당신이 알고 있는 그 미아리는 사실 성북구에 있다'거나 '동네가 얼마나 좋은지 아느냐!'며 온갖 이유를 갖다 대던 기억이 내게도 있다.

게다가 다 철들고 나서 분구되어 붙여진 강북구라는 신생구를 사람들은 잘 몰랐다. 그것도 자존심 상하는 일이었다. 내가 군대에 가 있는 사이 행정구역변경이 이루어져 그 지역에 살고 있던 나조차도 그 이름과 존재 자체가 생소했다.

이 책은 그런 묘한 열패감을 갖고 있든, 갖고 있지 않든 여전히 강북구에 살고 있는 평범한 사람들의 이야기이다. 그리고, 우리 동네가 얼마나 아름답고 멋진 곳인지, 우리 동네 사람들이 얼마나 훌륭한 이야기를 품고 살아가고 있는지 속삭여주기 위한 글이다. 어설픈 글이지만 동네 주민들의 자존감을 높여주는 데 작은 기여라도 하기를 바란다.

그러나 이 책의 이야기가 어찌 강북구 사람들만의 이야기이겠는가?

이 책에서 담아 낸 이야기는 치열했던 대한민국 현대사를 관통해 온 우리 부모님 세대 모두의 이야기이며 선배들, 이웃들의 치열한 삶의 이야기이기도 하다. 개인의 역사, 개인의 이야기가 단순히 한 개인, 한 지역에 머물지 않고 다른 사람, 다른 지역의 경험과 이어지고 공유되기 때문이다.

따라서 이 책은 강북구 사람들의 입을 빌어 쓴 대한민국 현대사의 한 조각이다.

본질적으로 모든 역사는 사람의 이야기를 담은 것이다. 사람이 만들어 가고 사람이 엮어가는 이야기가 역사의 핵심이다. 강북구의 이야기를 써보겠다고 마음먹은 뒤 자연스럽게 사람들의 이야기에 귀를 기울였다. 다양한 삶, 다양한 경험, 다양한 존재 방식이 같은 동네에 살고 있는 사람들에게서 천차만별의 이야기를 만들어 냈다.

평생을 사업가로 살아 온 사람들도 있다. 아이들을 가르친 사람도 있다. 또 장애인의 치열한 삶을 살아 온 사람도 있었다. 이들의 이야기를 담았다.

종교적 사명감만으로 이역만리 타국에서 한국 땅으로 찾아 온 외국인 동네 할아버지 이야기도 있다. 오순도순 정겹게 살던 동네를 지키기 위해 악을 썼던 철거민의 이야기도 있다. 동네 막걸리집 사장에서 구의원이 된 청년 이야기도 있다. 동네에서 태어나 동네에서 터잡고 살아가는 사람들 이야기도 있다.

이 책은 그 사람들의 역사를 담았고, 그들의 이야기를 담았다.

그래서 이 책에 담아낸 이야기들은 평범하기도 하고 특별하기도 하다.

한 사람의 인생에는 어마어마한 스토리가 숨어 있다.

인터뷰라고 하면 뭔가 대단한 사람들에 대한 이야기라고 생각한다. 자신이 평범하다고 생각하는 이들은 처음 인터뷰를 제안했을 때 손사래를 치며 거절했다. 찾아가고 설득하고 부탁해서 인터뷰가 이루어지기도 했다. 그러나 나는 스스로 평범하다고 생각하는 사람들의 삶속에서 결코 평범하지 않은 위대한 이야기를 얼마든지 찾아낼 수 있다고 믿었다. 그리고 그 믿음이 사실임을 확인했다. 그 믿음과 확인의 결과가 바로 이 책이다. 이 책에 다만 부족한 것이 있다면 나의 글재주와 한 개인의 역사를 더 깊이 알아보려는 노력일 것이다.

아마도 내가 정치인이 아니었으면 이 글은 쓰지 못했을지 모른다. 말을 하고, 사람을 만나야 하는 직업인 정치인이기에 언제나 남의 이야기를 들어야 했다. 강북구라는 동네에서 크고 자랐으며, 정치를 본격적으로 시작한 지 20년을 바라보는 시간을 가진 덕에 많은 사람들의 살아온 이야기를 들을 수 있었다. 그 덕에 이 글을 시작할 수 있었다.

이 책은 또한 정치인으로서 반성을 하는 과정이기도 했다. 허겁지겁 만들어진 지역의 변화를 위해 보다 장기적이고 창조적인 지역 발전의 비전을 내놓는 역할을 정치가 했어야 했다. 그런데 그동안 정치인들은 자신의 당선에만 매달리고 변화에는 무관심했다. 인터뷰를 하는 내내 반성에 반성을 거듭했다.

'아는 만큼 보이고 알아야 사랑스럽다'는 말은 진정 맞는 말이다.

인터뷰를 통해 사람을 다시 이해했고, 강북구라는 동네를 다시 알게 됐고, 멀게만 느껴졌던 대한민국 현대사가 가까이 다가왔다. 당연하게 여기고 있었던 것들이 새롭게 보이기 시작했다. 땅의 역사도 사람의 역사도 이야기를 들어야 알게 되고, 알게 되니 애정이 갔다.

이 책을 읽는 분들도 그래주시길 바란다.

그저 그렇고 그런 서울의 변두리 동네, 특별한 것도 없는 지역의 이야기라고 생각하지 마시고, 그 터에 발 딛고 살아가는 사람들, 그들의 삶과 역사에 남겨져 있는 우리 현대사의 자락들을 더듬어 봐 주셨으면 한다.

그러다 서울의 웅장한 북쪽, 북한산의 모습이 보이면 그 산자락

아래 강북구를 떠올려 보고 이 책에 담겨져 있는 사람들의 이야기를 떠올려 주시라.

그래만 주신다면, 이 글을 쓴 사람으로서 무얼 더 바랄 게 있겠는가!

꿈꾸는 토박이

심재억

견인지역

삼양동 토박이 심재억

서울이 마구마구 팽창하던 시절인 1960~1970년대, 서울의 변두리 낮은 산자락들에는 말 그대로 판자촌이 형성되었다. 사람이 몰려드는 속도와 양을 구구한 행정과 좁다란 땅이 감당하지 못했다. 한 개 지번에 수십 개의 집들이 어깨를 비비며 들어서고, 그 집들마다 또 숱한 세대들이 고단한 삶을 품기 위해 방 하나에 한 가족이 들어 가 살았다. 주소도 분명치 않고, 수도도 제대로 놓이지 못했다. 제대로 된 화장실이 없어 여러 집이 한두 개 공동 화장실을 써야 했고 요강단지는 아무렇게나 길에 쏟아 붓던 시절이 이어졌다.

달동네. 가난한 동네지만 둥그런 달이 뜨고, 그 달을 가장 가까이에서 만날 수 있는 동네라는 예쁜 표현이 생겼다. 어떤 이는 그 이름도 싫다고 했지만 어떤 이들은 판자촌으로 불리는 것보다는 낫지 않느냐며 희미하게 웃었다. 그 이름이 싫든 좋든 서울의 달동네, 서울의 그 많은 판자촌들은 그렇게 둥근 달 아래서 참 많은 사람들을 품었고, 숱한 세월을 견뎌냈다.

삼각산 아래 볕이 따뜻한 '달동네' 삼양동

삼각산 아래 볕이 따뜻한 동네, 삼양동(三陽洞)의 이름도 예쁜 이름이다. 그러나 삼양동 토박이 심재억은 삼양동이라는 동네이름이 싫었다.

가난하고 못사는 동네라는 느낌을 남겨주기 때문이다. 젊은 시절 어쩌다 택시를 타고 시내에서 동네로 돌아올 때면 "삼양동으로 가자!"고 말하기가 싫어 "수유리로 갑시다!"라고 하는 때가 많았다.

2008년 정부에서 숫자를 붙여 동을 구분하던 무의미한 행정동의 명칭을 변경한다고 할 때 그는 '삼양동'이라는 이름을 다시 붙이는 일에 반대했다. 서명운동까지 했었다. 특별히 선호한 다른 이름이 있었던 것도 아니다. 판자촌의 대명사로 자리 잡았던 그 이름이 싫었기 때문이다. 달동네로 불리든, 삼양동이라 불리든 이름이 예쁘다고 해서 힘겨운 삶을 견뎌내야 했던 사람들의 현실이 저절로 아름다워지지는 않는다.

심재억은 1963년 지금의 롯데마트가 있는 뒷길, 삼양시장을 끼

"삼양동에서 태어나고 자란 강북구 토박이 심재억입니다"

고 오르막길을 한참 올라가는 자리인 삼양동의 791-3257번지에서 태어났다. 2남 1녀의 장남이었다.

그는 쌍둥이 형제였다. 쌍둥이 중에서도 서로 생긴 게 전혀 다른 이란성 쌍둥이도 있고, 일란성 쌍둥이라 할지라도 나이 먹으면서 사람들에게 금방 구분이 되는 경우가 많은데, 심재억 형제는 기가 막히게 똑같았다. 그의 아내가 쌍둥이 동생을 남편인 줄 알고 끌어안았던 적이 있었을 정도다.

아버지를 닮은 나, 나를 닮은 아들

심재억의 부모님은 영호남 연합이었다. 아버지 고향은 부산, 어머니는 목포였다. 고향에 따라 정치적 성향이 갈라지던 시대였다. 부모님은 대선주자들에 대한 지지가 선명하게 달랐다. 김대중이 뉴스에 나올라 치면 '빨갱이가 나온다'며 채널을 돌려대던 아버지와 '선생님이 뭘 잘못한 게 있느냐'며 막아서던 어머니 사이에서 오고가는 투박한 정치논쟁을 보고 자랐다. 정치논쟁은 걸핏하면 부부싸움으로 이어졌고, 결론이 없는 부부싸움은 고향 따라 형성된 대선주자들의 흥망성쇠에 따라 주제를 달리했다.

아버지는 그 시절 개인택시를 했다. 개인택시 하나로 집도 사고, 자식들 대학까지 보내던 시절이었으니 심재억의 유년시절은 풍족하지 않았지만 가난하지도 않았다. 먹고 싶은 걸 못 먹었던 기억은 없다. 아버지는 술을 즐겼다. 노래하는 것도 좋아하고 사람들과 어울리는 것도 몹시 좋아했다. 삼양동 크고 작은 술집마다 아버지의 흔적이 있다. 요즘으로 치면 한참 젊은 나이인 65세 나이로 돌아가셨다. 너무 일찍 가셔서 아쉬움도 있고, 크면서 느꼈던 서운함도 있다. 좀 더 사셨더라면 어땠을까 생각한다.

남자들은 성장하면서 자신의 모습에서 아버지를 찾을 때 묘한 느낌을 갖는다.

씨를 속일 수 없다는 게 이런 것이구나. 싫어하던 아버지의 모습이 자신에게 드러날 때마다 옅은 한숨을 내쉬기도 하고, 예전에는 미처 몰랐던 모습을 찾게 될 때에도 놀란다.

아버지가 되어 자신을 닮은 아들의 모습을 볼 때 갖는 느낌과는 전혀 다르다. 아버지를 닮은 자신에게 놀라는 반면, 자신을 닮은 아들의 모습에서는 신기함을 느낀다.

심재억은 그렇게 아버지를 닮았고, 아들은 심재억을 또 닮았다. 두 딸과 나이 차이가 제법 나는 아들은 이제 군대를 간다. 그 아들이 자신을 어떻게 바라볼지 자신이 기억하는 아버지를 떠올리며 생각해 본다.

중세 유럽은 도시를 형성할 때 성당을 중심으로 놓았다지만 현명한 우리 민족은 마을을 형성할 때 학교가 중심이었다. 삼양동에 사람들이 마구 들어서도 초등학교 터는 반듯하게 잡았던 모양이다. 그 덕에 달동네 판자촌의 그 많은 집의 아이들이 가까이에서 초등학교를 다닐 수 있었다. 심재억도 이제는 60년이 훌쩍 넘어버린 삼양초등학교 출신이다. 학교가 만들어지고 16회 째로 졸업을 한 세대인데, 졸업동기가 천 명이 넘는데도 동네에서 쉽게 만나는 친구들은 10여 명 남짓만 남아 동네를 지키고 다른 친구들은 삼양동을 떠나 전국 곳곳에서 살고들 있다.

여전히 삼양동에 살고 있는 친구들하고는 '동네를 지킨다!'는 생각을 같이 한다.

그래서인지 '삼양동방위협의회'에 참여해 지역 봉사활동도 같이 하고, 동네 행사도 다양하게 만들고 있다. 지역에서 봉사해야 하는 역할이 생기면 이제는 마다 않고 나선다. 이젠 그럴 나이도 되었고, 자신들만큼 삼양동을 잘 아는 사람들도 없다고 생각하니 책임감을 느끼기 때문이다.

고교생이 만든 프로 밴드 '허리케인'

고교시절 그가 결성한 밴드의 이름은 '허리케인'이었다. 휘몰아치듯 음악으로 세상을 뒤흔들어 볼 욕심이 있었던 모양이다. 심재억은 그 '허리케인'에서 드럼을 맡았다. 요즘도 실력이 녹슬지 않아 얼마 전 우연한 기회에 앉게 된 자리에서 드럼을 두드렸는데 좌중을 다 뒤집어 놓았다.

고등학교 1학년 때 '허리케인'을 결성해서 음악을 했는데, 밴드의 실력이 제법 있었던지 당시 유명했던 클럽의 무대에 올랐다. 을지로 중앙국립의료원 바로 옆에 있던 <쌍쌍 나이트클럽>과 청량리에 있던 <꽃과 나비>가 주된 무대였다. 지방으로도 출장을 나가 무대에 서기도 했다.

A밴드로 불리는 업소의 주력 밴드가 있었는데, <허리케인>은 A밴드와 짝을 맞춰 서브 개념이었던 B밴드였다. <쌍쌍 나이트클럽>에서 A밴드로 뛴 것은 당시 유명한 <조경수 밴드>였다. <허리케인>은 자작곡을 연주하는 것은 아니었고 당시 유행하던 노래와 음악을 연주했다. 그래도 실력을 인정받았던지 1978년, 1979년

삼양동 동네 밴드를 하고 싶은, 젊은시절 드러머 심재억

도 즈음에 한 달 출연료로 당시 돈 600만 원씩을 받았다.

밴드의 뒷이야기가 궁금했다.

고등학교 1학년 때부터 팀을 결성해 손발을 맞췄다면 팀워크도 좋았을 테고, 고등학생들로 구성된 밴드가 월 출연료 600만원이나 받았다면 실력도 뛰어났을 것이기 때문이다. 당시 공무원 월급이 30만원 하던 때이니 지금과 비교해보면 지금 공무원 월급의 20배를 받았던 거다. 상상해 보시라.

그런 밴드였으니 부르는 곳도 많았을 테고, 뭔가 음악 쪽으로 쭉 잘 나갔을 것 같지 않은가?

그러나 인생에서 어이없는 일은 갑작스럽게 찾아온다.

“어느 날 연습하러 오후 3시에 클럽에 갔더니 악기가 하나도 없더라고요. 그래서 지배인한테 물어보니까 너희들 매니저가 다 가져갔다고 하더구먼요. 당시 우리 팀에 매니저가 있었거든요. 일정 잡아주고, 돈 관리도 해주고 하는. 그래서 전화했더니 연락이 안 돼요. 나중에 수소문해서 알고 보니까 우리 악기 싹 다 챙겨서 제주도로 도망을 간 거죠. 다른 팀을 구성해서 갔나보더라고요. 그래서 거기서 팀이 깨진 거예요.”

“아니 그걸 그냥 놔둬요? 잡아와야지!”

“어휴. 그걸 어떻게 잡아요. 그냥 거기서 뿔뿔이 흩어져 버린 거죠.”

사람이 착한 건지 바보인건지 물어보다가 잠시 생각했다. 알고 지낸 동안 지켜 본 심재억은 결코 바보가 아니었다. 그는 착했다. IMF 때 그를 찾아 온 두 번째 ‘어이없는 일’을 맞닥뜨렸을 때에도 그는 자기도 믿고 남들도 믿었다. 그래서 망했다. 착한 탓이다.

클럽 무대에 올라 벌었던 돈으로 다른 걸 할 생각을 못했다. 좋은 악기 사는 데 쓰고, 옷 사 입는 데 썼다. 그렇게 애지중지 모았던 악기들과 돈을 다 허공에 날려 버린 셈이다. 어린 나이에 당황했을 것이다. 무얼 어떻게 해야 할지 몰랐던 나이, 드럼 연주를 담당했던 심재억에게 밴드의 위기는 음악 인생의 위기였다.

똑같은 나이에 똑같이 당했는데, 그래도 기타를 다루던 멤버들은 음악으로 돈을 벌 수 있는 길이 있었다. 룸살롱이나 가라오케 등에서 기타로 반주를 해줄 수 있는 친구들은 그래도 이쪽저쪽으로 팔려 나갔는데, 드럼을 치던 심재억은 마땅히 나갈 데가 없었다. 군대를 갈 수밖에 없었다.

뒤를 돌아보지 않았다. 군대를 다녀오고 나서 1983년부터 심재억은 청계천에서 아예 장사를 본격적으로 배우기 시작했다. 음악에 대한 미련이고 뭐고 생각하지 않았다. 특별히 이유는 없었지만 미적거리는 것은 성격에 맞지 않았다. 그 뒤 IMF 위기를 만날 때까지 11년 동안 그 일을 했다. 1994년부터는 직원이 아닌 사장이 되어 자기 사업으로 전환했고 제법 사업도 일으키고 돈도 벌 수 있었다. 소방관련 물건을 취급하는 사업이었다.

청계천에서 소방기구를 팔던 시절의 혈기 넘치던 심재억

지금 생각해보면 사업이 쏠쏠하게 잘 되었다. 전주 효자동의 효자백화점에 상가를 하나 냈고, 청주에도 공구상가 하나, 아파트도 한 채를 마련했다. 의정부에도 아파트가 한 채 있었고 하니 장사가 제법 잘 된 거다. 자신감이 넘쳤다. 전국적인 판매망을 갖추고 있어서 건물을 짓거나 아파트 시공을 하는 업체에서 필요로 하는 소방 관련 물품을 도소매로 취급했다. 스프링클러, 화재경보기, 감지기 등을 다뤘다. 당연히 많은 거래업자들이 생겼고, 그들과 함께 사업을 키워 나갔다. 그러다 IMF가 닥쳐왔고 거기에서 그는 다시 착해졌다. 그래서 망했다.

"내가 바보였죠. 굳이 혼자 다 뒤집어 써야하는 상황은 아니었는데, 왜 굳이 다 끌어안았는지 모르겠어요. 당시에 다른 방법도 있었죠. 일단 내 재산부터 빼돌린다든지. 그런데 왠지 자신이 있더라고요. 나는 다시 일어설 거라는. 그런데 만용을 부린 셈이 된 거죠. 부도가 나서 완전히 망해버렸으니. 그 뒤에 누가 주변에서 도와주지도 않고 외면하더라고요."

당시 사업을 하는데 다들 약속어음으로 거래를 했다. 거래의 약 90% 정도를 어음이 차지하고 있었다. 거대한 건설 회사들도 다 무너지는 살벌한 상황에서 심재억은 자기가 책임지고 부도난 어음들을 다 회수하고 물어줬다.

18억 부도를 맞았다. 그나마 갖고 있던 집이며 상가며 다 털어서

갚고 나니 수중에 돈이라고는 보증금 500만원에 30만 원짜리 월세를 겨우 얻을 정도 밖에 없었다. 기가 막혔다.

월세집은 방 한 칸짜리였다. 아이들 셋과 부부가 누우면 살림살이 허겁지겁 챙겨 간 가재도구며 가구들을 도로에 벽을 따라 세워 둬야 했다. 비를 맞으면 다 망가지니 비닐을 사다가 씌워 놓았다. 제법 그럴싸하게 살다가 하루아침에 황당한 처지에 빠졌는데도 심재억의 아내는 그를 끝까지 믿어줬다. 당신은 다시 일어날 수 있다고 용기를 북돋아 주었다. 심재억은 지금까지도 그의 아내가 그 때 도망가지 않은 것이 신기하기도 하고 사무치게 고맙기도 하다. 아이들이 있으니 마지못해 살았던 것이 아니라 심재억에게 오히려 기운을 불어 넣어주었으니 그게 한없이 고마운 일이다.

삼양동 사랑방 심재억의 '개풍마트'

그런 아내의 응원 덕분이었을까? 그는 이를 악물고 뛰었다. 그렇다고 다시 사업을 일으키지는 못했다. 자신은 상대를 믿고 모든 것을 다 떠안았지만 그가 다시 일어서려고 할 때 그를 도와주는 사람은 없었다. 각자 살기도 바쁜 처지이니 누구를 원망할 일도 아니었다.

먹고 살기 위해 직업을 세 가지나 가졌다. 새벽에는 신문배달을 했고, 낮에는 택배를 했다. 밤에는 마트에서 아르바이트로 일을 했다. 인생 살면서 그때가 가장 힘들었다. 부지런하게 몸을 굴리지 않으면 살 수가 없었다. 하루 4시간도 못자고 그렇게 7년이라는 세월을 버텨냈다.

나중에 돈을 좀 모아 택배를 다니면서 눈 여겨 봤던 가게를 인수했다. 〈개풍마트〉라는 이름이었지만 삼양동 골목의 흔한 구멍가게였다. 가게 앞에 평상을 짜서 두었다. 동네 할아버지 할머니들이 그 평상에 앉아 지나가는 사람들을 바라보며 시간을 보냈다. 자연스럽게 동네 사랑방이 되었다. 동네 어르신들에게 커피도 타 드리고, 가끔 고기도 구워 막걸리 안주도 마련해주고 했더니 금세 사람들과 친해지고 그들이 〈개풍마트〉의 단골이 되었다. 가게가 있는 골목 청소까지 심재억이 도맡아 하면서 인심을 얻었고 사람들은 심재억의 〈개풍마트〉로 몰렸다.

그렇게 그 가게를 운영하면서 아이들 셋 모두 그곳에서 중고등학교를 졸업시켰다. 그 때 가게 안쪽 단칸방을 둘로 쪼개 아이들을 재웠는데, 밤늦게까지 손님들이 들락거리며 시끄러운 것 때문에 아이들이 잠을 자지 못하는 것 같아 3년 정도 지나면서 전세방을 구해 아이들은 거기에서 묵게 했다. 그렇게 구멍가게 〈개풍마트〉가 심재억과 아이들에게 살아갈 구멍을 만들어 줬다. 아직도 그 〈개풍마트〉 자리를 지나갈 때면 그 때 아이들 고생시켰던 나날과 가게에 빼곡하게 쌓아 둔 물건들이 눈에 그려진다.

천사와 사는 사나이

2017년 4월 심재억은 젊은 할아버지가 되었다. 간혹 친구들 중에 일찍 손주를 본 경우가 있기는 해도 요즘 시절엔 빠른 편이다. 심재억을 할아버지의 자리로 등극시키는 효도는 큰 딸이 아니라 작은 딸이 했다. 그것도 둘이나 낳았다. 멀지 않은 노원구에 살고 있는 둘째 딸 부부는 주말에 아이들을 데리고 오기도 하지만 가끔 아이들 크는 모습을 동영상을 보내는 효도도 한다. 그는 그 동영상을 보물로 여긴다. 수시로 열어보고 주변에 자랑한다. 영락없는 할아버지이다. 너무 젊은 할아버지라 사람들이 놀라기도 하지만, 늙었다는 느낌보다 뿌듯하고 자랑스러운 생각에 작은 딸의 효도가 유난히 고맙다.

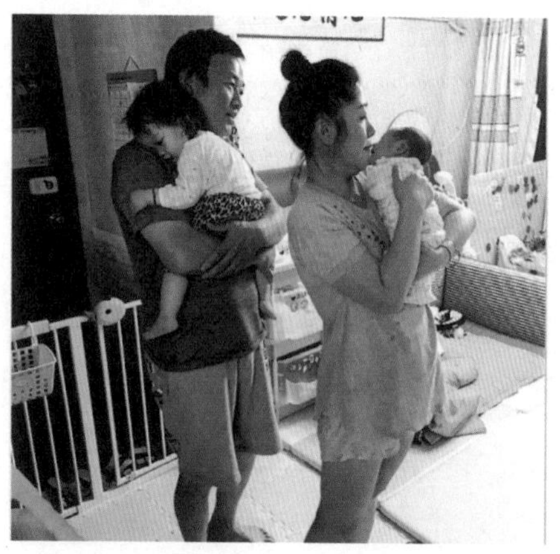

손주를 돌보느라 정신없지만, 행복하다는 심재억

두 딸은 민감할 나이에 어려운 시절을 겪었음에도 아무렇지도 않은 듯 씩씩하고 야무지게 잘 자랐다. 큰 딸은 국내 종합병원의 연구원으로, 둘째 딸은 커피체인점 점장으로 사회활동을 하고 있다. 아들 욕심에 느지막이 얻은 아들은 누나들과 나이 차이가 10살이나 난다.

아내는 늘 그런 자리에 함께했다. 그래서인지 많은 사람들이 아내를 삼양초등학교 출신의 삼양동 사람으로 알지만 아니다, 도봉동 출신이다.

“똑같은 서울 변두리이지만 그 당시 거긴 더 시골이죠!”

짐짓 목소리를 높여보지만 서울 변두리로 오십보백보다. 도봉동이 삼양동 보다 더 북쪽으로 치우쳐 있는 건 사실이지만.

“친구 결혼식에 가서 만났어요. 거기는 회사 언니가 신부였고, 저는 친구가 신랑. 집사람이 당시 도봉동에 있던 인켈 공장을 다녔거든요. 그 결혼식 피로연에 가서 만났는데, 꽃값 달라고 쫓아다니는 사람을 한 이틀 동안 약 올리다가 돈 줄 테니 만나자 해서 만났죠.

“어디서요?”

"빨래골에서"

태어나서 살기도 삼양동 골에서 살고, 평생 반려자와 첫 데이트도 바로 그 옆 빨래골에서 했으니 어지간한 삼양동 팔자다.

그렇게 해서 만난 아내는 그와 동갑내기다. 두 딸과 막내아들을 낳고 살면서 의지가 되어주고, 응원을 해줬으며 끝까지 믿어줬다.

어려운 시절 도망가기는커녕 옆을 지키며 용기를 북돋아 주었던 아내는 아이들 제대로 건사하고 집안 살림을 일으키는 괴력을 발휘했다. 아이들이 바르게 커주는 데 아내의 힘이 컸음은 말할 필요도 없지만 지금도 심재억이 동네에서 하는 활동에 빠지지 않고 같이 해주는 든든한 동반자이다.

그의 아내는 심재억이 87년부터 해 오고 있는 동네 조기축구회 활동에도 열심이다. 보통 남편이 주말에 공 차러 나가고, 운동 후 낮술 한 잔 마시고 들어오는 바람에 가족 여행은커녕 주말도 엉망

이 되는 탓에 대부분 동네 여성들에게 조기 축구 활동은 불편과 불평의 대상이다. 그러나 그의 아내는 시합이 있으면 응원도 나오고 행사가 잡히면 봉사도 열심히 한다. 심재억에게 보물 같은 사람이다.

뻔한 답이 나올 것을 알면서도 물었다. 아내는 어떤 사람이냐고.

"지고지순하고 착해요. 가족, 남편 밖에 모르고. 게다가 일단 성격이 좋은 건지 뭘 잘 잊어버려요. 특히 제가 잘못한 걸 금방 금방 잊어버리는 착한 성격이죠. 하하. 그래서 제가 얼마나 편한지 몰라요. 생전 잔소리도 잘 안하고. 그거 말고는 별로 없는 것 같아요."

"그거 말고는 별 게 없다뇨? 천사랑 살고 계시는구먼."

겸양지덕의 발언이 지나치다 싶어 한 마디 퉁을 놨더니만 배시시 웃으며 말한다.

"맞아요. 그래서 저는 핸드폰에 우리 집사람을 천사라고 저장을 해놨어요. 우리 집사람은 천사는 천사에요. 성격이 누구 욕할 줄도 모르고 신앙생활을 오래해서 그런지는 잘 모르겠지만 항상 긍정적이죠."

손주가 예뻐 미칠 지경이라는 말을 하던 입술이 마르기도 전에 천사를 아내로 맞아 살고 있다고 자랑하는 사내를 보면서 이런 게 인생이구나 하는 생각을 했다. 인생을 살면서 무엇을 갖고 가고 무엇을 남기고 갈 건지 이미 답은 정해져 있는 것 아니겠는가.

삼양동 밴드와 카페의 꿈

자전거를 한 번 탔던 사람은 10년 뒤에 다시 타도 넘어지지 않는다. 몸으로 자전거 타는 법을 배웠기 때문이다. 신기하게도 사람의 몸은 근육과 뼈에 새긴 운동의 정보를 고스란히 간직하고 있다가 세월이 아무리 흘러도 다시 작동시켜낸다. 머리로 익힌 것은 잊어 먹지만 몸으로 배운 것들은 잊지 않는 법이다.

음악도 그렇다. 악기를 다루는 일은 머리와 몸을 동시에 동원한다. 그래서 어릴 때 배운 악기는 나이를 먹어도 연주를 할 줄 안다. 어떤 때는 더 선하게, 어떤 때는 더 묵직하게 풀어내기도 한다.

고등학교 시절 클럽 무대에 올라 출연료를 두둑이 받았을 정도로 음악을 했었다면 분명 심재억의 마음속에도 음악에 대한 그리움이나 아쉬움, 뭐 그런 게 있지 않을까?

"애들도 다 컸고 음악을 다시 하고 싶은 생각이 없으세요?"

"많죠. 작년에 우이동에 있는 한 클럽에서 드럼학원을 통해 결성된 여러 팀들이 모여 공연 같은 걸 보러 갔었어요. 삼양초등학교 친구 중에 한 명이 자기가 출연한다고 하기에 구경을 갔어요. 그 때 사람들이 드럼을 한 번 쳐 보라고 해서 진짜 몇 십 년 만에 스틱을 잡고…. 사람들이 놀라더라고요. 박수도 많이 받고….”

말끝에 아쉬움이 묻어났다.

매니저에게 뒤통수를 맞고 음악을 접어야 했던 이후로 드럼 앞에 앉아 보질 않았다. 먹고 살기 바빠서 다른 걸 되돌아 볼 겨를도 없었다. 신문배달과 택배배달, 야간시간 마트 직원으로 일하면서 드럼을 만지작거릴 시간도 없었지만 일부러 외면하고 피해 다녔다. 여전히 시간과 여유가 없지만, 그래도 이제 조금씩 꿈을 갖는다.

기회가 되면 앞장서서 동네 밴드를 만들어 보고 싶다고 했다.

삼양동에서 가을마다 하는 대동제 축제 때 사람들을 모아 연습하고 공연을 좀 해볼까 한다는 숨겨왔던 소박한 꿈도 이야기 했다. 악기는 빌려주기도 하고 연습공간만 마련하면 되니까 악기를 다룰 줄 아는 사람들만 모으면 되는 일이라고 했다. 구청에서도 동네 행사에 봉사 형식으로 나올 동네사람들의 밴드가 있으면 좋아할 것이라는 게 그의 생각이다.

“사실, 지금도 친구들 중심으로 어느 정도 구성이 되어 있기는 해요. 악기 다룰 줄 아는 친구들 모이면 7080 이런 데 가서 가끔 연주도 하거든요. 건반과 드럼, 기타만 있으면 되는 거니까 모여서 연습하고 맞춰 보고 있는 거지요. 그 친구들하고 술 한 잔 하면서 항상 하는 말이 있어요. 우리가 형편이 어려우니 지하실 얻어 방음장치 까지 하고 하는 시설을 마련할 수 없지만 그래도 한 번 해봤으면 좋겠다는 생각은 다들 굴뚝같아요."

그의 인생과 스토리가 비슷한 〈즐거운 인생〉이라는 영화가 있다.

2007년에 나온 이준익 감독의 영화다. 유명한 배우들이 많이 나온다. 정진영, 김윤석, 김상호, 그리고 잘 생긴 젊은 배우 장근석.

젊은 시절 밴드를 했던 사람들의 이야기가 그 영화의 줄거리다. 20년 전 3년 연속 대학가요제 탈락을 끝으로 해체된 락밴드. 그 이름은 〈활화산〉. 〈허리케인〉과 뭔가 통하는 느낌이다. 밴드의 멤버들은 어느새 나이를 먹어 명퇴 후 백수로 살기도 하고, 아내와 아이늘을 외국에 내보내고 기러기 아빠로 살아가기도 한다. 그러나 밴드 리더의 장례식장에서 모여 다시 밴드 활동을 하자고 다짐, 불현듯 악기를 쥐고 다시 시작하는 중년의 사내들. 그 영화에서 잔잔하게 흘렀던 밴드와 젊음, 가족과 인생, 음악과 직장, 이런 어울릴 듯 어울리지 않고 같은 듯 다른 조합들이 심재억의 이야기와 인생 속에서 묻어 나왔다.

그에게 그럼 밴드결성이 앞으로의 꿈이냐고 물었더니 뜻밖의 답이 돌아왔다.

"북한산이 보이는 삼양동 골목길에서 카페를 하는 게 꿈이에요"

"제가 사랑하는 동네 삼양동이 시원하게 내려다보이는 곳에 예쁘게 테라스를 꾸미고 카페를 차리는 거죠. 이미 한 군데 봐두기도 했고. 삼양동이 산기슭이고 언덕이잖아요. 전망 좋은 건물을 하나 사든지, 아니면 하나 얻든지 해서 마을사람들 찾아오고, 여행객들도 찾아오는 근사한 카페를 마련해서 밤에는 조명도 예쁘게 해 놓으면 좋을 것 같아요."

그의 말을 들으면서 나는 29살 처음으로 국회의원 선거를 나가 삼양동의 구석구석을 다니면서 만났던 '뷰포인트' 몇 곳을 떠올렸다. 강북구가 훤하게 내려다보이는 곳이었다. 그 중 한 곳에 그가 꿈꾸는 테라스가 있는 카페를 만들면 멋지겠다는 생각을 할 때, 내 머릿속에는 사진 한 장이 그려졌다.

새파란 에게해가 내려다보이는 그리스 어느 항구 산비탈 동네의 새파란 집들. 좁은 마당에는 하얀 빨래들이 넘실거리고 파란 지붕과 파란 담장이 옹기종기 이어진 그 집들과 카페 사진이다.

그와 함께 그가 점찍어 둔 곳에 가 봤다. 근사하고 아름다운 풍광이 그려졌다. 거기에 그의 꿈이 영글고 있었다.

언제든 삼양동에 가보시라.

거기에는 60년대 형성된 도시의 변두리에서 알알이 맺힌 이야기 열매들이 주렁주렁 달려 있고, 삼양동에서 태어나 삼양동에서 아이들을 키우고, 힘들고 고단한 삶을 살아오면서 삼양동 사람들과 어울려 살아갈 작은 꿈을 꾸고 있는 사람 심재억이 있다.

이제 두 딸은 시집을 가서 너무 젊은 할아버지가 되어 버렸지만, 동네 초등학교 운동장의 먼지를 일으키며 축구공을 차는 '송천조기축구회' 회장님이신 그가 젊은 시절 꺾어야 했던 음악의 열정을 '삼양동 밴드'로 불사르고, 그가 꿈꾸는 삼양동 언덕배기 예쁜 카페가 우리에게 강북구를 전체를 내려다 볼 멋진 풍광과 향기로운 커피를 제공해 줄 수 있기를 응원해 본다.

강북구는 이런 멋진 토박이들이 많아서 아름답고, 삼양동은 심재억의 꿈이 있어 아름답다.

IMF 외환위기

1997년 11월 21일 임창열 경제부총리는 우리 정부가 국제통화기금(IMF)에 자금 지원을 요청하기로 결정했다고 밝혔다. 외국에 진 빚을 갚을 외환, 즉 달러가 부족해 국가부도 위기에 몰린 것이다. IMF의 구제 금융으로 간신히 국가 부도 사태는 면했지만, IMF는 우리나라에 가혹한 경제 구조조정을 요구했다. 기업들이 무너지고 은행들이 도산했다. 이 과정에서 대량 해고와 경기 악화로 인해 대한민국의 온 국민이 큰 어려움을 겪었다. 심재억 또한 IMF로 청계천 사업을 접었다.

1998년 2월, 김대중 정부가 들어섰고 김대중 대통령은 취임 이후 계속해 IMF의 개입을 전면적으로 받아들이고 경제개혁에 착수했다. 국민들 또한 외환위기를 벗어나기 위한 노력으로 금 모으기 운동과 아나바다 운동을 진행했다.

그 결과 대한민국은 1998년 12월 IMF 긴급 보관 금융에 18억 달러 상환을 계기로 금융 위기로부터 서서히 빠져나갔다. 결국 2001년에 IMF에서 빌린 돈을 모두 갚고, 외환 위기에서 완전히 벗어났다.

중앙일보

1997년 11월22일 토요일

J-AD PLAZA

IMF구제금융 요청

林부총리 긴급회견 美·日 협조융자 합쳐 총600~700억弗

실무단 來週 방한- 3~4週뒤 1차지원

환율·金利 진정…株價 급등

1달러=1,056원-지수 17P 올라 506기록

金대통령 오늘 加에 APEC 회의 참석

경제난국 극복 협력호소

고정간첩 수사확대

정치권은 大選후에

©중앙일보

주명갑

신일고 50년, 강북구 50년

서른 둘, 미아동과 첫 만남

1967년 겨울의 끝자락. 미아동 신일학교 주변엔 겨울 흙먼지가 거세게 불어대고 있었다. 북한산에서 불어 내리치는 겨울바람이 비포장도로를 따라 훑으며 움켜쥔 모래먼지를 신일고 넓은 운동장에 흩뿌리는듯 했다. 서울 지리에 익숙하지도 않았고 미아동이 어디 붙어 있는지도 몰랐던 젊은 화학교사 주명갑은 막 학교를 설립하고 개교를 앞둔 신일고등학교 교문에 섰을 때의 황량함을 지금도 기억한다.

"학교 앞 도로는 그 당시엔 포장도 되어 있지 않았죠. 길 건너편은 전부 논밭이었는데 지금 우리은행인 상업은행 건물 자리와 그 주변이 온통 호박밭이었어요. 아직 신일학교는 5층 건물의 1, 2층

1970년 초 신일학교에서 바라본 강북구 전경

만 지어진 상태였고 여전히 공사가 진행되고 있었죠. 학교 주변에는 인가도 드물었고, 버스도 제대로 다니지 못하는 상황이라 교문 앞에 서니 암담하더만요."

1934년 생 신일고 화학교사 주명갑이 표현하는 강북구와 신일고의 첫인상은 '황량함'이었다. 그의 나이 서른셋에 처음 찾아 온 그 당시 강북구는 그만큼 지독한 서울 변두리였다. 그렇게 처음 찾아 온 강북구 땅 신일고에서 그는 2001년까지 35년을 학생들을 가르치며 강북구 주민들과 함께했고 강북구의 변화를 가장 가까이에서 지켜보았다. 그 긴 세월을 건너 온 그는 이제 여든 다섯의 나이가 되어 있지만 여전히 건강하고 또렷한 기억으로 그 세월의 기억을 하나하나 건져내면서 인터뷰 내내 시종일관 활기찼다. 먼저 그의 개인사를 들어보자.

카메라를 둘러 멘 어린 피란민

주명갑은 한 때 김정일이 타고 다니는 특별열차를 겨냥한 폭발사고가 있었다는 뉴스로 유명했던 평안북도 용천에서 대지주 집안의 장손으로 태어났다. 그 덕에 어릴 적부터 부족함 없이 자랄 수 있었지만 유년의 행복은 오래가지 못했다. 해방이 되고 김일성 공산주의 세력이 38선 이북의 지역을 장악하면서부터 대지주 신분의 집안엔 불행이 밀어닥치기 시작했다.

김일성 세력에게 대지주 집안사람들은 1차 숙청대상이었다. 땅과 가산은 몰수되었고 사람들은 별도 지정지역으로 유배를 가야 했다. 주명갑 가족들에게 지정된 곳은 평안북도 구성 땅이었는데, 당시에도 평안북도에서 제일 오지였다.

가족들은 자유를 찾아 남쪽으로 떠나기로 했다. 평안북도에서 오랜 지주집안이었고 이런 저런 인정을 베풀고 살았던 덕에 경상북도가 고향인 가족들이 귀향하는 것으로 가짜 신분증과 서류를 만들 수 있었다. 길을 안내하는 사람은 경상도 사투리를 들어 본 적도 없고, 할 줄도 모르는 가족들에게 38선을 지나 내려오기 전까지 한마디 말도 하지 못하도록 단단히 일렀다. 아직 남북 간 분사분계선도은 물론 철조망도 없던 때였고, 남북 모두 해방 후 혼란기였기에 일반 민간들의 왕래가 어렵지는 않았다. 주명갑은 당시 개성 청단 역에서 북한 쪽 군인들이 손을 흔들어 주던 모습도 생생하게 기억한다. 피란길에 나선 어린 그에게 가족들은 돈다발이 들어 있는 전대를 차게 했다. 그리고 그는 아버지가 물려주신 명품 카메라인 라이카M3를 가보라고 생각하며 피란길 내내 들고 다녔다. 대지주 집안의 장손인 아버지는 멋쟁이셨다. 지금도 고가 명품으로 여겨지는 비싼 그 라이카 카메라를 들고 이곳저곳 촬영을 다닐 만큼 돈도 많았고 풍류도 즐겼다. 아들이 카메라를 둘러 메고 남쪽으로 내려가도록 할 때는 무슨 생각이었는지 몰라도, 아버지가 주명갑에게 남겨준 또 하나의 물건은 그의 남쪽 생활에서 중요한 역할을 하게 된다.

"너 내가 도와줄게"

서울로 내려올 때 들고 온 돈은 모두 다 빼앗기고 가족은 무일푼이 되었다. 초등학교 5학년 과정까지 밖에 배우지 못한 어린 주명갑은 학교가 아닌 공장에 나가 돈을 벌어야 했다. 지금 용산경찰서가 있는 근처에 '카멜양주' 공장이 있었는데, 그곳에서 양주병의 병마개를 닫는 일을 맡았다. 그 공장에서 일을 하던 그를 눈 여겨 보던 한 직원이 '그냥 공장 일만 하기엔 아까우니 다니던 초등학교를 마저 다니라'며 근처 남정초등학교에 소개를 해줬다.

초등학교의 6학년 과정으로 편입을 해야 했으나 그럴 수준이 되는지를 알아보기 위해 교장실에서 짧은 문답을 치렀는데 그 질문을 아직도 기억한다.

"너 5/4가 뭔지 아느냐?

"모릅니다."

"가분수도 모르니 6학년 받아들이기가 어렵겠는데…."

망설이는 교장 선생님을 지켜보던 한 선생님이 나섰다. 그는 자기가 책임지고 가르치고 졸업시킬 테니 아이를 자기 반으로 배치해달라고 했다. 그 선생님 덕분에 주명갑은 초등학교를 무사히 마칠 수 있었는데, 그 선생님 역시 함경도에서 탈출해 남쪽으로 내려와 살고 있던 동병상련의 처지였기에 어린 주명갑을 돕게 된 것이었다. 그 함경도 출신의 담임선생님이 주명갑에게 한 말이 이랬다.

"너 내가 도와줄 테니 걱정 말고 학교를 잘 마쳐라!"

그렇게 초등학교 6학년 과정으로 들어가게 된 주명갑은 무사히 초등학교 과정을 마치고 중학교 시험을 치르게 된다. 어느 학교에 가겠느냐는 담임선생님의 질문에 주명갑은 서울에 아는 학교라고는 '배재학교' 밖에 없다고 답했다. 라이카 카메라 이외에 부친은 주명갑에게 또 하나의 선물로 교복에서 떼어낸 배재학교 교복의 단추를 남겼기 때문이다. 그 단추 때문에 주명갑은 왠지 배재학교에 입학해야만 할 것처럼 느꼈다.

530번 수험번호를 달고 중학교 시험을 치렀는데, 다행히 합격을 했지만 어려운 가정살림에 입학금과 수업료를 낼 형편이 아니었다. 그때 당시 배재중학교 서무과장이 그의 시험 성적을 보고 아까워하면서 이렇게 말했다.

"너 내가 도와줄 테니 걱정 말고 학교 다녀라!"

그 서무과장의 배려로 주명갑은 배재학교 매점에서 빵을 파는 근로 장학생을 할 수 있었고 그렇게 학교를 마쳤다.

주명갑은 지금도 그에게 고비 때마다 나타나 그를 도와주는 사람들의 한결같은 목소리 '너 내가 도와줄게'라는 말은 어쩌면 늘 신앙 속에서 그를 걱정하고 축복하는 어머님의 기도에 대한 하느님의 응답이라고 생각한다. 그 목소리가 아무것도 가진 게 없는 이북 출신 어린 주명갑에게 얼마나 큰 힘이 되었는지 모른다.

그 시절은 누구에게나 고난의 세월로 기억하겠지만 주명갑에게도 새로운 고난이 닥쳤다. 한국전쟁의 발발이다. 고등학교 1학년 때 전쟁이 터지자 주명갑은 화물기차 지붕 위에 올라 부산까지 피란길을 떠났다. 부산 보수동에 서울 소재 학교들의 합동학교가 세워졌고 나중에 강북구에 세워진 영훈고등학교의 초대 교장이었던 김영훈 씨가 교장을 맡았다. 주명갑이 다니던 배재고등학교는 나중에 합동학교에서 분리되어 초량동에서 별도로 학교를 운영하기도 했다.

한국전쟁 난리 중에도 학업을 마친 주명갑은 화학을 가르치던 이길상 선생님의 멋지고 재미있는 수업에 홀딱 반해 화공과를 가겠다고 마음을 먹었고, 기어코 연세대학교 화공과에 입학했다. 당시 대학생들에게는 대학 4학년 때까지 입대가 보류되는 특혜가 주어지고 있었기 때문에 군대 입대를 차일피일 미루다가 담당 교수의 추천과 배려로 1957년 공군사관학교의 화학교관으로 군 생활을 시작하게 되었다. 다시 한 번 '너 내가 도와줄게'라는 목소리를 들은 뒤였다.

신생 신일고등학교 화학교사가 되다

주명갑의 교사로서의 첫 부임지는 지금의 환일고등학교인 균명고등학교다. 그곳에서 3년 여 근무하고 나서 새로 학교를 건립하는 신일학원에 지원해 강북구로 오게 된 것이다. 별 준비나 기대도 없이 지원한 것인데, 덜컥 합격되어서 쉽게 생각했던 것이 사실이다. 그런데 신일학교에 와서 보니 지원 이력서만 한 무더기가 쌓여 있는 걸 보고 '내가 행운아인가 보다'라고 생각했다.

신일학교에서 화학 과목을 35년 동안 가르친 주명갑 선생

개교와 새 학기 준비를 하느라 정신없는 세월을 보내던 중 어느 날 장윤철 교장 선생이 그를 찾았다. 느닷없이 교가의 가사를 받아오라는 것이다. 시인이자 언론인이었던 주요한 씨가 학교 교가를 써주기로 했는데 날짜가 지났는데도 소식이 없으니 직접 가서 받아오라는 교장 선생의 이유와 배려는 이랬다.

"아무래도 주명갑 선생님이 같은 주 씨이시니 말이 좀 더 통할 겁니다. 우리 학교에 전용 자가용을 내드릴 테니 그걸 타고 가셔서 꼭 받아오세요."

주명갑은 그 당시 다른 학교에서는 찾아 볼 수 없는 '학교 전용차'라는 것을 타고 중앙청 옆 내자동에 있던 주요한의 집으로 갔다. 어찌나 묘한 경험이었던지 아직도 그 차량번호를 잊지 못한다. 5375 검정색 지프차량.

교장선생님의 판단은 맞았다. 주요한은 같은 주 씨 성을 가진 주명갑이 찾아오자 당장 움직였다. 주명갑의 군대 시절 주요한의 아들과 함께 근무했던 인연도 큰 몫을 했고, 왜 차를 타고 가라고 하는지 묘한 의문도 풀렸다. 주요한이 그 차를 타고 당장 가보자며 옷을 챙겨 입고 나섰기 때문이었다.

그 길로 주명갑은 주요한을 지프차량에 태우고 학교로 돌아왔다. 주요한은 학교에 도착하자마자 아직 2층까지 밖에 짓지 않은 학교 건물 옥상으로 올라가자며 앞장섰다. 옥상에서 한참을 주변을 살피던 주요한은 학교 앞을 지나는 도로를 가리키며 저 길이 어디까지 가는 길인지 묻고, 북한산을 가리키며 세 개 봉우리의 이름을 물었다.

학교 앞을 지나는 비포장도로는 원산까지 이어지는 길이고, 삼각산이라고도 불리는 북한산의 세 봉오리 이름은 백운대, 인수봉, 만경대라고 일러주자 고개를 끄덕이고 돌아간 주요한은 그날로 신일학교 교가의 가사를 지어 보냈다. 그 가사에 김동진 씨가 며칠만에 곡을 붙여 뚝딱 교가가 만들어졌다. 음악실에 모여 교가를 불러보니 이런 명곡이 없었다. 그렇게 신일학교 교가가 만들어 졌다.

주명갑이 설명하는 교가 탄생 비사를 듣다보니 마치 월탄 박종화가 쓴 대하소설 <세종대왕>에 나오는 장면이 떠올랐다. 이방원과 정도전, 무학 대사가 한양도성 터를 자신에게 유리하게 잡기 위해 풍수와 지리를 논쟁하던 모습처럼 역사적인 느낌이었다.

대부분 대한민국 학교들의 교가가 그러하듯 약간의 중후장대와 과장, 호연지기가 흘러 다니지만 하루 만에 만들어진 노랫말이라고는 믿기 어려울 정도로 여러 의미들을 담고 있다.

신일학교 교가

주요한 작사, 김동진 작곡

동트는 하늘 찬란한 빛이 백운대 위에 퍼져날 때
젊음의 노래 메아리치는 우리의 자랑 신일동산
굳세게 서자 배움의 벗들 새로운 때는 열렸나니
자유의 깃발 펴드는 곳에 그 앞을 누가 막을쏘냐
믿음을 쌓고 슬기를 길러 겨레를 위해 몸 바치면
신일의 영광 신일의 영광 하늘과 땅에 날리리라

북한산 기슭 훤칠한 터에 너나의 포부 서려있고
저 원산가도 백두산까지 위대한 소망 이어준다
솔잎은 청청 향기를 내고 종소리 얼려 가슴뛸 때
인생의 새벽 청춘의 꿈을 해마다 여기 겹쳤노라
사랑의 맺음 다정한 추억 세월을 따라 깊으리니
신일의 영광 신일의 영광 억천만 해에 날리리라

설립자 故이봉수 이사장

학교법인 신일학원의 설립자는 이봉수 이사장이다. 그는 1917년 평안북도 의주 출생으로 한국유리 등 신일기업을 키워 한국 경제 부흥에도 큰 기여를 한 인물이다. 일부 사립학교들이 학생을 돈벌이 대상으로 여기고 학교를 사적 소유물로 생각해 우리 사회 교육계에 큰 부담을 남긴 것에 비해 이봉수 이사장은 재단전입금을 법정 수준 이상으로 출연하고 교사와 학생들이 아무런 불편과 부담을 느끼지 않는 학교운영을 위해 물심양면으로 애를 썼다. 그런 남다른 생각은 학교 건물이 갖춘 시설만 봐도 알 수 있다. 1966년 건립된 신일학교는 그 당시부터 각 층마다 수세식 화장실을 완비하고, 중앙난방 시스템이 장착된 건물에서 학생들을 가르쳤다. 웬만한 관공서도 석탄난로를 때던 시절에 학교 시설을 호텔 급으로 지어 놓았다고 장안에 소문이 자자했다.

교사에 대한 지원도 파격이었다. 월급 등의 대우는 차원이 달랐고, 최고급 식단으로 마련되는 교사식당 운영과 함께 신학기가 시작되면 이사장이 벌였던 떠들썩한 떡잔치도 남다른 기억이다.

주명갑은 이런 이봉수 이사장을 참 대단한 사람이라고 기억하고 있었다.

이봉수 이사장은 학교에 이사장실을 아예 만들지 않았다. 교장선생님을 중심으로 학교가 운영되어야 하는데 이사장이 학교에 있으면 괜한 부담을 줄 수 있다고 생각했기 때문이다. 학교를 들러도

신일고등학교 제1회 입학지원자 예비소집일 풍경

교무실에는 일체 들리지 않고 수업중인 복도를 돌아 교실의 수업 분위기만 살펴보고 다시 돌아갔다. 학교에 앉아 차 한 잔 하는 일도 드물었고, 학교 방문을 사전에 공지한 적도 없다. 자신의 학교 방문에 괜한 준비로 시간을 빼앗기지나 않을 지 걱정한 탓이다.

학생들이 장난치다 학교 유리창을 깨면 아이들 다친 것을 걱정해야지 유리창 교체하는 비용을 걱정하시지 말라며 그 비용은 얼마든지 내놓겠다고 두 번 세 번 선생님들에게 다짐을 받았다.

그러면서도 이봉수 이사장은 비가 내리는 날이면 새벽부터 학교에 나와서 이곳저곳을 살폈다고 한다. 학교 부지 터를 닦는데 산비탈에 자리 잡은 곳이라 비가 많이 내리면 토사가 쏟아져 내릴지 몰라 걱정스러웠던 탓이다. 터를 다질 때도 제일 신경 쓴 부분이지만 큰 비가 나면 행여나 하는 걱정이 앞장섰기 때문이다.

“신일학교의 역사에 관해서는 무엇이든지 물어보세요.”

“그러셨던 양반이 나 정년퇴직할 때 퇴임식에서 인사 나누시면서 그러시더라고. ‘주 선생님, 제가 교무실 한 번 안 들른다고 학교 돌아가는 거 잘 모를 것 같죠? 어떤 선생님이 열정적이고 어떤 분이 편찮으신지 다 알고 있답니다. 선생님 고맙습니다.’ 라고 말이야. 학교설립에 같이 하신 네 분 형제들이 모두 다 신일학교 일에 열정과 재정을 한껏 쏟아 부으셨죠.”

남다른 땡땡이 주동자 최태원 SK 회장

학생들과의 추억에 대해 물어 봤더니 행복한 미소를 띤다. 교사에게 가장 행복한 일은 학생들과 함께 하고, 교육에 대한 보람을 느낄 때가 아니겠는가. 주명갑 역시 현역을 떠난 교사이지만 여전히 학생들과의 추억을 떠올리는 일이 행복한 시간이다.

"학생들이 참 착했어요. 선생님들 말씀에 일단 순응했거든. 심지어 학부모들마저도 학생들 앞에서 선생님들을 최고로 존대하고 높여주니 아이들이 자연스럽게 선생님들 말씀을 잘 따르게 된 것 같기도 하고. 신일학교 학생들이 다 순둥이들인 줄 알지만 광화문 일대를 주름잡는 깡패 두목도 학교를 다녔고, 의정부 일대를 주름잡던 주먹 대장도 있었죠. 그런 애들도 학교에만 오면 선생님 말씀에 잘 따라줬으니 고마울 뿐이지."

실제로 광화문 새문안교회 근처에 갔다가 제자의 이름만 대면 끔뻑 죽는 모습들을 보았다고 하니 주명갑으로서는 학교에서 전혀 그런 티를 내지 않은 학생이 고맙게 생각되는 게 당연해 보였다. 신일학교에 올 정도면 주먹도 쓸 줄 알고 머리도 있다는 뜻으로 해석하는 주명갑은 어쩔 수 없이 당연하게 학생 편을 드는 선생님의 모습이었다.

가끔 수업시간 땡땡이를 치던 최태원 SK 회장에 대한 기억도 재미있다. 고등학생 최태원은 학교 담장을 넘어 도망칠 때 절대 혼자 가지 않았다. 꼭 한 두 명의 학생과 같이 땡땡이를 쳤는데, 그들 모두 전교 1~2등을 하던 모범생으로 선생님들의 귀여움과 기대를 독차지 하는 학생이었다고 한다. 나중에 교무실에 끌려와 처벌을 의논할 때 모범생 공범들 때문에 처벌이 경감되고는 했다면서 '그게 최태원의 기획력인지, 지도력이었는지는 모르겠다'고 말했다.

가정방문의 추억

당시는 담임선생님이 학생들의 가정환경을 확인하기 위해서 집을 방문하는 가정방문이라는 제도가 있었던 때였다. 주명갑은 그 제도에 대해서는 여러 가지 말이 많지만 학생 집에 다녀온 뒤 그 학생에 대한 이해와 판단이 월등히 달라지는 것은 맞다고 말했다. 가정환경을 한눈에 파악하고 나면 학생에 대한 지도와 관리에 큰 보탬이 됐던 제도였다는 것이다.

가정방문에 대한 주명갑의 기억을 통해 강북구의 당시 생활상을 엿볼 수 있었다.

"어렵게 사는 집이 참 많았죠. 가서 보면 물 한 잔 내놓지 못해 힘들어 하는 모습을 볼 때면 안타깝지. 학생의 방이 따로 있는 것은 드문 일이고, 지금은 흔한 책상조차 없는 경우가 대부분이었거

신일고등학교 앞에서 활짝 웃고 있는 주명갑 선생

든. 그런데, 한 번은 어느 학생 집에 갔는데 그 집이 담뱃가게를 하더라고. 인사를 마치고 일어나는데, 그 부모님이 '선생님 담배 안 태우시는 걸 제가 알지만 저희가 드릴 수 있는 건 이것밖에 없습니다. 죄송합니다'라면서 담배 한 갑을 주시는 거야. 그걸 내가 받아 들고는 그 다음날 교실에서 학생들에게 이야기를 했지. '이거 우리 반 학부형이 내게 준 선물이다!'라고 자랑스럽게 말이야. 아이들이 무슨 뜻이지 다 알더라고요."

학생들의 처지를 이해하고, 학부모의 작은 성의도 소중하고 감사하게 받아들이는 선생님을 학생들은 더 고맙게 생각했을 것이다. 선생님이 고맙게 기억하는데, 누구 아빠는 담뱃가게를 한다며 놀리거나 우습게 여길 학생은 없을 것이다.

70년대 초반 집에 가보니 버젓이 마당에서 소 한 마리를 키우고 있던 우이동에 학생집도 있었는가 하면, 비슷한 때 강북구가 아닌 다른 지역에 사는 한 재벌가 학생 집을 방문했을 때도 깜짝 놀랐다.

"그날 가정방문을 하면서 세 번을 놀랐어요. 첫 번째, 차도 없던 시절인데 차량을 보내와서 그걸 타고 가는데 차안에 전화기가 있더라고. 깜짝 놀라니 운전기사가 그거 함부로 쓰는 거 아니라고 하면서 웃더구먼. 계동 근처에 있는 집에 갔는데 차가 빵빵하고 클락숀을 누르니까 집의 대문이 저절로 열리더라고. 두 번째로 놀랐지. 세 번째로 응접실로 안내를 받는데 가서 앉으니까 이건 뭐 어찌나 넓은지 응접실 끝이 어디쯤인지 보이지도 않아요. 하하. 내가 살다 살다 그런 집은 처음이었어. 근데 거기서 내려다보니 비원이 마치 그 집 정원처럼 보이더라고."

서독 대통령 뤼브케의 방한

처음 신일학교를 만들 당시 미아리 고개를 넘어 오는 길 양쪽으로는 공동묘지가 조성되어 있었고 도로는 당연히 비포장도로였다. 이 길이 아스팔트로 바뀐 것은 그야말로 하룻밤 사이에 벌어진

천지개벽할 일이었다.

1967년 3월 2일, 그러니까 새 학기를 막 시작할 당시 서독의 뤼브케 대통령이 한국을 방문했다. 대한민국으로서는 유럽 정상의 방문이라는 큰 행사였다. 1964년 당시 박정희 대통령의 독일 방문에 대한 답방 형식으로 이뤄진 방한 일정이었기 때문에 우리 정부로서는 매우 귀한 손님이었을 것이다.

뤼브케 대통령의 숙소로 정해진 곳은 다름 아닌 수유리 <아카데미 하우스>이었다. 김포공항에서 숙소로 이동할 때, 정상회담을 위해 숙소에서 서울시내로 들어가고 나올 때 이용해야 하는 도로가 바로 신일고등학교 앞으로 지나가는 지금의 도봉로이다. 외국의 대통령이 이용해야 하는 도로가 비포장도로라는 사실이 창피하기도 하고 미안하기도 했던 정부는 그야말로 하룻밤 사이에 아스팔트를 깔고 전광석화 같이 일을 끝내 버린 모양이다. 주명갑의 기억으로 어느 날 아침 학교에 나오는데 아스팔트 길이 깔려있었는데 밤새 급하게 일을 한 모양으로, 아직 아스팔트는 채 굳지도 않았고 김이 모락모락 나더라고 떠올렸다.

"우리나라가 그런 나라였어요. 밀어붙이기로 하면 어떻게든 해버렸으니까. 독일 대통령 차량이 지나가는 것도 당시로서는 돈 주고도 못 볼 구경이라 학생들에게 언제 또 이런 구경을 하겠느냐고 나가서 구경하자고 했지. 그래서 학교 밖에 서서 차량이 지나가는 걸 봤어요."

결국 이렇게 하룻밤 만에 신일학교 교가에도 나오는 강북구를 관통해 원산시까지 간다는 '원산가도(元山街道)' 도봉로는 포장도로로 바뀌었고, 신일학교 학생들과 강북구 주민들은 저 멀리 서독이라는 유럽의 분단국가의 대통령이 대한민국이라는 아시아의 분단국가를 찾아온 역사적인 장면을 구경할 수 있었다.

강북구의 자부심, 내 동네에 대한 자부심

지금도 주명갑은 학교 교정에 들어서면 마음이 설렌다. 총동문회와 퇴직교사 모임을 통해 제자들의 연락을 받고 행사에 초청되어 나갈 때도 옛 추억을 떠올리며 기분이 좋아진다. 어느덧 몸담았던 학교도 개교 50년을 훌쩍 넘어섰고, 까까머리 학생들도 할아버지가 되어 있지만 서로 얼굴을 맞대면 어느새 마음만은 젊은 선생과 어린 제자로 만난 그때 그 시절로 돌아가 버리기 때문이다.

주명갑과 신일학교가 떼려야 뗄 수 없는 사이이듯, 신일학교와 강북구도, 주명갑과 강북구도 떼려야 뗄 수 없는 사이이다.

1966년 강북구 땅에서 교문을 열고 학생들을 가르치기 시작한 이래, 신일학교는 강북구의 랜드마크였다. 강북구 주민 누구나 인정하는 '4대 랜드마크'는 4.19 국립묘지, 수유시장, 대지극장, 그리고 신일학교다. 고교야구가 지금의 프로야구만큼이나 인기를 끌던 시절 전국대회를 수차례 석권한 신일고 야구부는 동네주민들

어린 제자보다 더 어린 제자들과 함께

의 자랑이었다. 박정희 정권의 서슬 퍼런 독재시절 '3선 개헌반대'를 외치며 도심 한복판을 발칵 뒤집어 놓은 겁 없는 신일고 학생들의 시위에 지역주민 모두가 간이 덜컹 내려앉았던 일도 있었지만, 민중교육지 사건이나 전교조 결성 사건 때마다 학생들이 들고 일어나는 모습은 서울대 합격자 숫자로 학교 실력과 동네가 평가되던 시절에 지역주민들의 자부심이기도 했다.

강북구 주민으로 신일학교 맞은 편 미아동에 살면서 강북구가 변화하고 발전하는 모습을 지켜봤고, 아이들을 낳고 길러 학교로 보내 가르치는 세월 속에서 인생을 감칠 맛나게 익혀가던 평범한 동네 주민들과 근면한 삶을 함께 엮어 나갔다. 그렇게 신일학교와 50년, 강북구와 50년 인연을 맺어 왔다.

국회의원이 된 어린 제자와 나란히 교정을 걸었던 어느날 3시 54분

주명갑은 강북구 주민들이 자기 지역과 땅에 대해 못사는 동네라고 스스로 낮춰 보면서 자부심을 갖지 못하는 경향이 있다고 아쉬워했다.

"돈이 좀 없는 동네이고 가난한 동네라고, 주민들 스스로가 이야기 하고 그러는 건 좋지 않아요. 강북구가 어디가 어때서? 내 동네에 더 자부심 갖고, 자꾸 높이기 위해서 노력해야지."

강북구의 여러 인물들의 인생사와 지역의 이야기를 같이 묶어 책으로 내려고 하는 나 또한 주명갑과 같은 느낌을 받았다. 그래서 얼마든지 발전할 수 있고, 얼마든지 긍정적 변화를 만들어 나갈 수 있는 에너지를 가지고 있는 동네 강북구의 히스토리를 찾아내기 위해 노력했다. 여든을 넘긴 노 스승과 쉰을 바라보는 중년의 제자가 자기가 살아왔던 땅과 사람들에 대한 애정으로 같은 눈으로 강북구를 바라보고 있는 것이다.

학교 맞은편 북한산으로 해가 뉘엿뉘엿 저물기 시작하는 늦가을 오후 늦은 보충 수업시간에 꾸벅꾸벅 졸고 있는 지친 학생을 깨우듯이 주명갑은 강북구 주민들이 지친 삶에 활기를 느끼며 스스로를 사랑해야 한다고 말했다. 그만 졸음을 떨치고 수업에 집중해야 하듯 강북구에 대한 아쉬운 마음을 변화에 대한 열정으로 바꾸기 위해 지역에 대한 애정을 가져야 한다고 말하고 있다.

30대 초반에 강북구 신일학교를 찾아 온 평안북도 용천 출신의 젊은 화학 교사가 50년 세월을 건너며 바라보는 신일학교 교정과 강북구는 여전히 아름답다.

시를 짓기에 좋았던 무네미 동산과 학생들이 오리걸음으로 단체 기합을 받던 골고다 언덕길, 봄이면 온갖 꽃들이 색깔과 향기를 다

투던 교정은 옛 정취 그대로이다.

북한산 기슭을 따라 펼쳐진 강북구 너른 땅에 석양이 깔릴 때면 백운대 위로 붉게 펼쳐진 아름다운 노을은 평생 잊지 못할 광경이다. 노란 개나리와 함께 봄이 올 때나 하얀 눈과 함께 겨울이 올 때에도 강북구는 가난했지만 희망과 생기가 넘치는 착한 사람들의 터전으로 넉넉했다. 아직도 교복을 입은 학생들을 바라보면 가슴이 뛰는 80대 노교사 주명갑은 그 넉넉함을 품은 학생들이 세상을 더 크게 품을 것이라고 믿고 있다.

인생은 결국 그 넉넉함을 가진 이들이 더 큰 행복을 이루는 것임을 그는 알고 있기 때문이다.

뤼브케 서독 대통령 방한

1967년 3월 2일 서독의 카를 하인리히 뤼브케(Karl Heinrich Lübke) 대통령이 내한했다. 박정희 대통령은 김포공항까지 직접 나가 뤼브케 대통령을 맞이했다. 당시 김포에서 장충까지 이르는 길 위는 환영인파로 인산인해를 이루었다고 한다. 주명갑도 이때 아스팔트가 하룻밤 사이에 생기는 기적을 봤다.

뤼브케 대통령은 1963년 한국이 서독에 간호사와 광부를 파견 했을 때 한국에 1억 4천만 마르크를 빌려 주기도 했다. 또한 박 대통령이 1964년 독일을 방문했는데, 당시 전용기가 없던 박 대통령에게 뤼브케 대통령이 국빈용 항공기를 제공하기도 했다.

1967년 방한은 이에 대한 답방이었다. 뤼브케 대통령은 방한 기간에 외국 국가원수로는 처음으로 부산을 방문했다. 뤼브케는 서독 차관을 지원받은 부산의 금성사 공장을 방문해 라디오와 텔레비전 수상기 공정과정을 살펴보고는 "양국의 유대가 이곳에서 강화되고 있는 것 같다"고 한독 기술 협력에 대한 보람을 나타내기도 했다.

©서울사진 아카이브(photoarchives.seoul.go.kr)

34
사단법인 삼양주민연대
사단법인 강북주거복지센터

안광훈

파란 눈의 동네 할아버지

운명 1 : 사제의 길

운명 같은 일이다.

1950년, 뉴질랜드의 초등학생이 어머니 앞으로 온 가톨릭 선교회의 작은 잡지를 보았다.

그 잡지에 실린 기사에서 '한국에 파송된 가톨릭 신부가 6.25 전쟁 중에 북한군에 끌려가 순교했다'는 글을 본 이후부터 '나도 신부가 되어 해외 선교를 나가겠다'고 사제의 길을 다짐했다. 그리고 시간이 흘러 사제가 되었고 그에게 주어진 첫 해외 선교지가 다름 아닌 한국이었다.

로버트 브뢰넌(Robert Brennan John) 신부, 한국 이름 안광훈 신부가 바로 이 운명 같은 이야기의 주인공이다.

여동생 결혼식에서 가족과 함께 기념사진

뉴질랜드의 북섬 오클랜드 시에서 1941년 출생한 안광훈은 뉴질랜드 평범한 가정에서 5남매의 장남으로 태어났다. 아버지는 전기 기술직의 체신부 공무원이셨고, 어머니는 평범한 가정주부이셨다.

밑으로 남동생 둘과 여동생 둘이 있는데 그들은 모두 뉴질랜드에서 가정을 이루고 살고 있다. 뉴질랜드 인구의 대부분은 따뜻하고 날씨가 좋은 북섬에 주로 산다. '반지의 제왕' 등 영화에 나오는 광활하고 멋진 대자연의 풍광은 주로 남섬에 몰려 있지만 사람 살기에는 북섬이 더 낫다는 게 안광훈 신부의 말이다.

안광훈 신부의 할아버지와 아버지는 뉴질랜드 노동당 당원이실

만큼 현실 문제에 적극적이었고, 사회적 문제에 진보적인 시각을 가진 반면 어머니는 조용한 성격의 여성이셨다. 부모님 중 어머니만 가톨릭 신자이셨는데, 당시 해외 선교 사업에 적극적이던 골롬반선교회에 후원도 하고 계셨다.

처음 안광훈 신부가 사제의 길을 가겠다고 했을 때 부모님은 반대하지 않으셨다. 그 분들이 반대하셨더라도 사제의 길을 갔을 것이라고, 하지만 사제가 되는 시간은 아마도 더 늦어졌을 것이라고 안광훈 신부는 말한다.

"골롬반 소속의 신학대학을 가고 해외 선교 사업을 나가겠다는

뉴질랜드에서 해외선교 사업을 꿈꾸던 청년 안광훈

계획에는 반대하는 의견이 분명하셨어요. 똑같은 사제의 길을 걷더라도 뉴질랜드에서 사제로 역할을 하면 가까운 곳에서 서로 자주 만날 텐데, 해외로 나간다고 하니 당연히 반대하실 수 밖에 없었겠죠."

안광훈 신부는 성골롬반외방선교회 소속의 가톨릭 신부이다.

돈암동 사거리 근처 골목길 안쪽을 지나다 보면 한옥 기와 솟을 대문이 보이는데, 그 안에는 빨간 벽돌의 건물이 자리 잡고 있다. 바로 〈성골롬반외방선교회〉 한국본부의 건물이다.

고 김수환 추기경은 1993년 골롬반선교회의 한국 진출 60주년 축하 자리에서 "언제나 시대의 징표를 파악하는데 민감하고, 시대의 요구에 응하는, 특히 도시에서나 농촌에서나 가난한 형제자매들에게 헌신하는 골롬반 신부님들"이라고 표현했다. 골롬반선교회는 1933년 10월 29일 10명의 선교사들이 한국에 도착한 이래 86년의 긴 세월을 한국사회와 한국인들과 함께 하고 있는 한국 역사의 한 부분이다.

그 시간 동안 일본 제국주의자들은 태평양전쟁 과정에서 골롬반 선교사들을 스파이 혐의로 체포하거나 사제관에 가둬 두는 등의 만행을 저질렀고, 그 와중에 선교사들이 영양실조에 시달리거나 치료시기를 놓쳐 질병으로 죽는 일이 벌어졌다. 꼬마 안광훈으로 하여금 신부의 길을 다짐하게 했던 한국전쟁 당시 선교사들의 희생은 더욱 참혹했다. 북한 공산군에게 9명이 체포되어 7명이 살

해되었던 것이다.

이런 고난의 땅인 한국에 안광훈 신부가 발을 디디게 된 것은 1965년 호주 시드니의 골롬반신학대학을 졸업하고 사제 서품을 받은 1년 뒤인 1966년 9월 15일이었다.

그의 나이 스물다섯 살, 한국의 추석 명절이 있기 며칠 전의 일이다.

정선성당의 시골 신부님

한국에 도착해 안광훈 신부가 처음 한 일은 다름 아닌 한국어를 배우는 일이었다.

무려 2년이라는 시간을 한국어를 배우는 일에 쏟아야 했다. 한국에 오기 전까지 한국어는 물론 한국에 대해서 아는 것이라고는 한국전쟁에서 희생된 선교사 이야기 정도가 다였으니 그 2년의 시간은 한국어를 배우는 것만이 아니라 한국이라는 나라에 대해 배우고 익히는 시간이었다. 지금은 골롬반에서도 해외 선교 사업을 위해 선교사를 파견할 때 본인의 의사를 존중해서 부분적이지만 지역 선택의 작은 폭이 주어지지만 안광훈 신부가 한국에 온 1960년대에는 전혀 그렇지 않았다. 그저 선교회의 결정과 명령에 순종할 뿐이었다. 그러니 처음 한국 파견이 결정되었을 때 그도 참 신

가장 존경하는 지학순 주교, 성당 가족과 함께

기한 일이라고 생각했다. 한국전쟁 당시 희생된 선교사들 소식에 사제의 길을 각오했는데, 한국 땅으로 오게 되다니 말이다.

원주교구에서 그가 맡게 된 곳은 정선성당이었다. 당시 정선군 전체 신자 수가 1200명 정도이었는데, 정선 읍내 본당 신도가 500명 정도, 14개에 이르는 공소에 속한 신도가 700여 명이었다.

정선 지역과 인연을 맺은 외국인 선교사는 그가 네 번째였던 덕에 신도들이나 지역 주민들에게 안광훈 신부가 낯선 존재는 아니었다. 모두가 친절하게 대해줬고, 그도 공동체에 녹아들기 위해서 노력한 덕에 본당 주임신부로서의 역할을 제대로 수행할 수 있었다.

지금은 제법 교통도 문화도 발전한 곳이지만 그 당시 정선은 참

지독한 시골이었다. 기차는 아침에 한 번, 저녁에 한 번 정선을 지나갔다. 서울에 갈 때 그 한 번의 기회를 놓치면 어쩔 수 없이 다음 날로 미뤄야 했다. 일제 강점기 때부터 정선은 금광이 개발되었기 때문에 금광 채굴에 쓰일 요량으로 전기를 끌어다 놓았던 덕에 전기 사정은 괜찮았지만 그곳에서 외국인 신부가 살아가기는 여간 어려운 일이 아니었다. 사제관 뒤쪽에 우물이 하나 있었는데 추운 겨울에 우물이 얼게 되면 보통 곤혹스러운 게 아니었다. 심지어 프로판 가스통도 서울에서 가져다 써야 했다. 가스가 떨어지면 다시 서울에 연락해서 가져가고 가져오고 했다.

“5일장이 서야 그나마 물건도 사고, 음식도 사다 놓고 할 수 있었죠. 시장이 서면 제가 나가서 고기도 조금, 계란도 조금, 음식들을 사놓는데 사실은 냉장고도 없고 그러니 많이 사지도 못해요. 빵은 뭐 상상도 할 수 없었고….”

그곳 정선성당에서 1969년부터 주임신부로 있으면서 참 많은 일을 했다. 고리대금과 사채피해로 고통 받는 정선지역 가난한 이웃들을 위해 1972년 정선신용협동조합을 만들었다. 병원이 없어 제대로 된 치료 한 번 받지 못하고 숨을 거둔 한 젊은이의 모습을 보고 의료시설의 필요성을 절감해 백방으로 뛰어다닌 끝에 1976년 〈프란치스코의원〉의 개원도 이뤄낼 수 있었다.

그렇게 11년을 그는 정선에 머물렀다.

그 시간동안 그에게 보람되고 아름다운 기억들만 있었던 것은 아니었다. 시대가 그를 조용한 시골의 평범한 사제로 놔두지를 않았기 때문이다.

운명 2 : 지학순 주교

외국인 신부로서 정선 지역에서 선교 사업을 하면서 가장 힘들었던 것을 물었더니 뜻밖의 대답이 돌아왔다.

"선교 사업은 하나도 힘들지 않았는데, 박정희가 나를 제일 힘들게 했어요. 엄청나게 신경 쓰게 하고, 감시하고, 추방을 위협하고, 지학순 주교님 잡아가고…. 그런 일들이 벌어질 때마다 머리가 아팠고 힘들었죠."

세속의 일에 종교가 간여할 것은 아니지만, 세속의 일에 얽혀 살아가는 사람들을 종교가 감싸고 보듬어야 하다 보니 세속의 권력과 부딪히는 일을 피할 수 없었다. 사람과 세상을 사랑하는 일을 실천해야 하는 사제에게 불의한 세속과 맞서는 일은 '종교적 정의'와 '세속적 정의'가 다르지 않음을 드러내야 하는 의무와도 같은 것이었다.

그 힘겨운 사제의 의무를 십자가처럼 짊어지고 나선 교회의 맨 앞에 지학순 주교가 있었다.

고 지학순 주교는 한국 천주교의 대표적인 사회 참여적인 사제로 국민들에게 기억된다. 한국 사회의 사회, 정의, 인권 운동에 적극적으로 참여하여 국제사면위원회 한국위원회 위원장, 한국노동교육 협의회 회장, 한국교회사회선교협의회 회장 등을 역임한 실천하는 신부였다.

그가 짊어진 십자가의 고난은 무거웠다. 박정희 정권은 1974년 내란선동과 긴급조치 위반 혐의로 그를 체포하였고 징역 15년을 선고했다. 그러나 그와 교회는 굴하지 않았다. 지학순 사건의 충격은 오히려 더 큰 저항의 불길을 지폈다. <천주교정의구현사제단>이 결성되었으며, 한국 천주교가 유신정권에 저항하는 구심적 역할을 하게 만들었다.

안광훈 신부는 1993년 선종한 지학순 주교와의 인연이 깊다.

그가 속한 원주교구의 초대 주교이자 지병으로 요양에 들어갈 때까지 원주교구를 이끌었던 때문이기도 하지만, 지학순 주교는 그에게 신앙적으로도 많은 영향을 미쳤다. 안광훈 신부가 한국에서의 활동지역을 선택할 시점에 막 분리된 원주교구의 젊은 주교가 눈에 띄었고 그와 함께 일해보고 싶었다. 그러니 안광훈 신부가 지학순 주교를 찾아 강원도로 왔다고 말하는 것이 맞겠다. 안광훈 신부는 한 인터뷰에서 다음과 같이 말한 적이 있다.

박정희 정권당시 "유신헌법 무효" 양심선언 으로 탄압받던 지학순 주교와 사제들

"과거에 한국 교회는 지학순 주교, 김재덕 주교(전주교구 5대 교구장), 김수환 추기경처럼 예언자적 소명을 가진 이들이 교회를 이끌었지만 불행하게도 지금은 그렇지 못합니다. 교회를 위한 교회, 쓸모없는 교회가 되지 않도록 사제와 신자들이 노력해야 합니다."

안광훈 신부는 지학순 주교를 '목자다운 목자, 주교다운 주교'라고 말했다. 사제로서의 모범을 보여준 사람이라는 뜻이다. 한국사회의 낮은 곳에서, 사회적 약자와 함께 하려 노력해 온 안광훈 신부의 삶도 지학순 주교의 영향을 많이 받았다.

"그 양반 뭐라고 할까? 아주 책임감 있게 자기 맡은 일 책임 다하는 분이지. 동시에 다른 주교들에 비해 좀 부드러운 면도 있었어요. 아, 그리고 개고기를 되게 좋아하셨어요. 정선성당에서 여름이면 가까운 강으로 나가 신자들하고 함께 미사도 올리고 식사도 하는 야유회를 가졌는데 신자들이 주교님도 모시자고 얘기하더라고. 신자들에게는 바쁜 분이 오실 수 있겠느냐고 해놓고는 뒤로 전화를 드렸죠. 다른 말에는 별 반응이 없으셨었는데 '개도 한 마리 잡는다. 오실 수 있으시냐?'고 물었더니 기다렸다는 듯이 오시겠다고 해요. 그 때 하루에 겨우 두 번 오고 가던 기차를 새벽에 타고 오셔서 오후 4시에 다시 가셨지. 우리 지학순 주교님은 그렇게 자유롭고 여유로운 마음을 가진 분이셨어요."

안광훈 신부는 박정희 정부가 사건을 조작해서 사법 살인을 한 인혁당 재건위 사건 때 일도 기억하고 있었다. 비록 그가 날짜를 기억하고 있지 못하지만 기록을 찾아보면 1975년 4월 8일 관련자 8명에 대한 대법원의 상고가 기각됐다.

"당시 제가 서울에 와 있었는데, 고속버스터미널이 있던 동대문에서 원주 가는 버스를 타려는데 한 장짜리에 '인혁당 상고 기각'이라고 쓰여 있는 신문을 받았어요. 원주에 가서 주교님 만나 인사하고 다시 정선으로 가려다가 서울에서 이런 걸 받았다고 그 신문을 내밀면서 우리가 가만있어야겠냐고 했더니 눈물을 뚝뚝 흘리시더라고. 이미 죽었다고 하시면서 말이에요. 무슨 이야기를 들으셨던 건지."

지학순 주교가 정권에 의해 체포된 뒤 남산 중앙정보부에서 고초를 치를 때 밖에서는 난리가 났다. 지학순 주교의 건강도 나빠지고 해외언론과 천주교의 여론이 악화되자 박정희 정권은 지학순 주교를 병원으로 보내 감금조치를 했다. 장소는 지금의 명동성당 앞 성모병원. 지금은 가톨릭회관이 있는 자리이다.

병원에 감금되어 있던 지학순 주교는 철저한 감시를 받았고, 입원실이 있는 병원 건물 3층까지 복도마다 입구마다 중앙정보부 요원들이 지키고 있었다. 그런데 밖에서는 감금되어 있는 지학순 주교를 빼낼 궁리가 시작됐다. 야당과 언론조차 제대로 된 목소리를 내지 못하던 시절, 박정희 독재정권에 정면으로 맞설 생각을 한 것이다. 바로 지학순 주교의 양심선언 사건이다.

거사 당일, 먼저 외국인 신부 한 분이 계단과 엘리베이터가 이어진 복도에서 일부러 난동을 부렸다. 소리를 지르고 욕설도 내뱉었다. 소란이 일자 감시하던 인원들은 모두 그곳으로 몰려갔다. 그 틈을 타고 지학순 주교를 갇혀 있던 방에서 빼내 외부에 잘 알려지지 않은 비상문을 통해서 병원 밖으로 나왔다. 그리고 병원 건물 앞 명동성당 입구에서 기다리고 있던 수백 명의 신도들과 외국 언론을 비롯한 기자들 앞에서 그 유명한 지학순 주교의 양심선언문이 낭독되었다. 그 때 지학순 주교를 비상문을 통해 건물 밖으로 빼냈던 인물이 다름 아닌 안광훈 신부이다. 역사의 한복판에 서 있었던 셈이다. 하느님의 말씀에 따라 사람을 사랑하고 세상에 봉사하려던 젊은 외국인 신부를 역사 한복판에 불러 세운 것은 다름 아닌 한국사회를 짓누르고 있던 박정희 독재정권이었다. 그들의 불의함과 폭력성이 사람을 사랑하는 일을 죄악시했기 때문이다. 안광훈 신부는 그렇게 세상에 대한 사랑의 손길을 놓지 않기 위해 지학순 주교의 손을 잡고 거친 역사의 한복판에 섰다.

박정희 정권은 안광훈 신부를 괴롭혔다. 외국인 등록증 유효기간은 2년이었다. 그래서 2년마다 갱신해야 하는데, 갑자기 2년에서 한 달에 한 번으로 바뀌었다. 이 조치가 고약했던 것은 당시 정선에서 가장 가까운 출입국관리사무소가 있던 묵호까지 오고 가는데 꼬박 이틀이 걸렸기 때문이다. 그만큼 교통상황이 좋지 않았다. 그런데 박정희 정권은 자칫 미신고를 이유로 추방할 태도였기 때문에 갱신 신청만으로 끝이 아니었다. 매달 중순에 가서 갱신 신청하고 월말에 다시 가서 제대로 재발급이 되었는지 확인해야 했다. 당시 동료 골롬반 신부 한 분이 본국으로 휴가를 갔는데 정권이 입국을 불허해서 아예 들어오지 못했다. 박정희 정권뿐 아니라 나중에 전두환 정권까지도 그 신부님의 입국은 불허됐다. 그런 분위기에서 1박 2일이 걸리는 묵호까지의 길을 한 달에 두 번씩 오고가야 하는 일은 귀찮아도 꼼꼼하게 챙기지 않을 수 없었다.

경찰은 일요일마다 미사 때 감시하러 왔다. 미사 중에 안광훈 신부의 강론 내용을 받아 적으면서 성당 안 분위기를 숨도 쉬기 어렵게 만들어 놓았다. 4년에 한 번씩 돌아오는 본국 휴가도 다시 들어오지 못할까봐 아예 포기해 버렸다.

이런 힘들고 피곤한 일은 박정희가 김재규에 의해 암살될 때까지 계속되었다.

어쩌다 보니 정권과 맞서는 자리에 있게 되었고, 어쩌다 보니 반정부 신부가 되어 힘겨운 나날을 버텨왔던 안광훈 신부는 1979년 10월 박정희 암살이 있고 나서 두 달 뒤 신부 서품 15주년을 핑계로 안식년을 신청하고 정선을 떠났다. 한국에 들어와 2년의 한국어 공부를 마치고 난 뒤, 강원도 산골짜기에서 선교사업의 첫발을 내딛기 시작한 날로부터 무려 11년 만이었다.

운명 3 : 가난한 자의 벗

정선을 떠난 안 신부는 고국인 뉴질랜드에 잠시 머문 뒤 미국 캘리포니아 버클리 대학교에서 석사 과정을 하고 1981년에 다시 한국으로 돌아왔다. 샌프란시스코 한국 총영사관에서 입국 비자를 신청할 때도 조마조마, 김포공항에 내릴 때도 조마조마했다. 행여 입국이 거절되거나 입국하자마자 공항에서 납치되어 남산으로 끌려가는 것은 아닐지 걱정했기 때문이다. 박정희 정권이 지학순 주교를 공항에서 납치하다시피해 남산 중앙정보부로 끌고 갔고, 제임스 시노트 야고보 신부처럼 쫓겨나 돌아오지 못한 경우도 있었기 때문이다. 이런 불안을 떨치고 공포를 짓누르면서까지 자신의 임무가 있는 대한민국으로 다시 돌아 와 그가 자리 잡은 곳은 이번에도 역시 한국사회의 가장 낮은 곳, 가난한 자들이 있는 곳, 서울 목동이었다.

지금은 부자들 사는 곳으로 유명하고 주민들의 교육열이 강하기로 이름을 날리는 곳이지만 1980년대 초반 목동은 판자촌으로 유명했다. 서울시와 경기도의 경계선인 안양천변을 따라 판자촌이 들어섰고, 그 판잣집들은 대부분 무허가 주택이었다. 농사를 짓는 이들은 주로 벼농사를 했는데, 구로공단이 들어서면서 안양천이 오염되고 지하수도 오염상태가 심각해 농사를 포기해야 할 정도였다.

주거환경이 점점 열악해지기는 했지만 목동 지역에 재개발과 철거의 바람이 시작된 것은 주민들의 건강과 주거환경 개선을 위한 목적이 아니었다. 1988년 서울 올림픽을 앞두고 김포공항에서 가까운데다 올림픽을 위해 올 외국 손님들이 서울에 진입하면서 판자촌을 보면 한국에 대한 인상이 나빠질 것을 우려한 정권에서 이곳에 아파트를 짓고 서울의 새로운 면모를 보이고자 한 의도에서 시작된 것이다. 그 지역에 살고 있는 사람들을 중심으로 시작된 것이 아니라 외관상 보기 흉하다는 판단에서 행정편의주의로 시작한 개발이 비인간적으로 진행되는 것은 당연한 일이다.

시작은 88 올림픽 때문이었지만 본격적으로 일을 추진한 것은 김영삼 정권이 들어선 이후였다. 김영삼 대통령은 자신의 재임기간동안 모든 판자촌을 없애겠다고 호언장담했다. 사실상 대책 없는 밀어붙이기 식 사업이 추진되었다. 그리고 목동성당 주임신부였던 안광훈 신부는 주거권 운동을 시작했다. 신자들을 감싸고, 지역주민들을 보호하기 위해서였다.

김수환 추기경이 삼양동으로 보내다.

목동성당에서 주임신부로 5년을 지낸 뒤 신학원장을 맡아 6년을 보내고 2차 안식년도 보낸 뒤 그가 온 곳은 서울 강북구 삼양동이었다. 안식년을 마친 뒤 그는 김수환 추기경과 다음 임무를 의논했다. 그는 목동에서의 경험을 바탕으로 서울지역 서민들에 대한 관심을 표명했다. 안광훈 신부가 주거권 문제, 재개발 문제, 무주택 세입자들의 문제에서 자신의 역할을 찾고 싶다고 말하자 김수환 추기경은 삼양동을 활동 지역으로 추천했다.

"이제 곧 삼양동 지역이 재개발 문제와 철거문제로 몸살을 앓게 될 것이고 그 지역의 가난한 이들이 신음을 하게 될 것 같으니 안 신부가 가서 그들을 안아 주고 함께 해주세요!"

가난한 이들에 대해 더 많은 관심과 사랑을 보여줬던 김수환 추기경이 믿고 보낼 수 있는 사람이 바로 안광훈 신부였던 것이다.

그렇게 안광훈 신부는 강북구에 와서 빈민사목 활동을 하고 사람들을 만나면서 지역주민으로 함께 했다. 사제의 삶이 아니라 그저 지역주민의 한 사람으로서 낙후된 지역의 어려움을 함께 겪었다. 집 없는 서민의 주거권을 확보하기 위해 사람을 모으고 요구를 정리하고 투쟁했다. 어느 것 하나 쉬운 일이 없었지만 그저 묵묵히 사람들과 함께 했다.

이제는 삼각산동이라는 이름으로 고층 아파트 건물들이 빽빽하게 들어 서 있지만, 당시 미아6동과 미아7동 지역은 그저 바라보기만 해도 난감한 산동네였고 달동네였다. 좁은 골목과 경사진 계단이 이어지고 엉키며 집과 집 사이를 끊임없이 파고들었다.

아무런 대책 없이 사람들을 쫓아내고 높다란 아파트를 짓고자 했던 건설사와 조합 측 사람들은 이주를 거부하고 자기 집을 지키고 있던 사람들을 위협하기 위해 밤사이 곳곳에 불을 지르고 폭력을 휘두르기도 했다. 그 때 죽은 사람이 없는 것이 천만다행이기도 하고 신기한 일이기도 하다. 그런 막무가내 폭력 속에서 똑같은 두려움을 느꼈고, 암담함을 마주해야 했다. '외국인 XX, 너희 나라로 꺼져라!'는 폭언도 수차례 들어야 했다.

처음 재개발을 시작했던 건설사가 부도나고 나중에 SK 건설이 나서서 재개발을 마무리 할 때까지 오랜 시간이 걸렸지만 안광훈 신부와 함께 한 철거민들은 돌산마을과 미향마을이라는 가이주 단지를 쟁취했고 그 곳을 중심으로 뭉치고 서로 의지했다.

이 주거권 운동을 하면서 안광훈 신부는 비로소 강북구 사람이 되었다.

정선에서처럼 〈솔뫼신용협동조합〉을 만들어 더 장기적이고 안정적인 네트워크를 도모했고, 지금은 〈삼양주민연대〉라는 이름으로 활동하고 있는 〈강북실업자사업단〉도 시작해 다양한 사업을 통해 사람들이 스스로 일어설 수 있는 기회와 일터를 제공해왔다. 주거복지센터를 만들어 삼양주민연대와 함께 강북구 지역 주민들에게 주거안정을 위한 다양한 지원 사업을 펼치고 있다.

이 모든 단체와 활동에 안광훈 신부의 손길이 미치지 않은 곳이 없을 정도다. 그런데도 안광훈 신부는 자기가 무슨 일을 한다고 내세우지 않는다. 그는 많은 일을 하면서도 아무 일도 하지 않는 것처럼 조용히 일을 처리하고, 겸손함과 온화함으로 사람들의 곁을 지키고 있는 사람이다.

2014년 가난한 지역주민들을 위한 주거운동에 헌신한 공로를 인정받아 제 26회 아산상 대상을 수상하고 받은 상금 3억 원을 삼양주민연대 사무실을 구하는 데 모두 기부했다.

운명 4 : 한국, 한국사람

그가 소속된 외방선교회 신부님들은 은퇴할 나이인 70세가 되면 두 가지를 선택해야 한다. 먼저 은퇴 여부. 보통 70세에 은퇴를 하지만 계속 일하고자 원하면 75세까지 은퇴를 미룰 수 있다. 41년생인 안광훈 신부는 골롬반에서는 이미 은퇴한 신부로 기록되어 있다. 두 번째 선택은 본인의 여생을 보낼 지역이다. 은퇴 신부

한국에서 만난 아들과 함께 찍은
소중한 가족사진

한국에서 만난 손자, 사랑스러운 증손녀와 함께

가 될 때 자신이 파견된 나라에서 계속 살 수도 있고 본국으로 돌아가 살 수도 있다. 한국교회에서 골롬반 사제들은 지금까지 무려 274여명이 복무했는데, 그 중 24명은 그들이 사랑하고 소임을 다 했던 한국 땅에 묻혔다.

안광훈 신부는 그가 생을 마감하고 영원한 안식을 누릴 곳을 뉴질랜드가 아닌 한국 땅으로 정했다. 베론 성지 사제묘역 지학순 주교 옆자리로 잡아 놓았고 그곳 교구장의 허락도 받아 놓았다며 어린아이처럼 좋아한다. 이역만리 뉴질랜드 땅에서 태어난 은퇴 신부가 한국 땅에서 생을 마감할 때 옆자리를 지키고 싶어 할 만큼 지학순 주교는 그가 좋아하고 믿고 따른 사람이다.

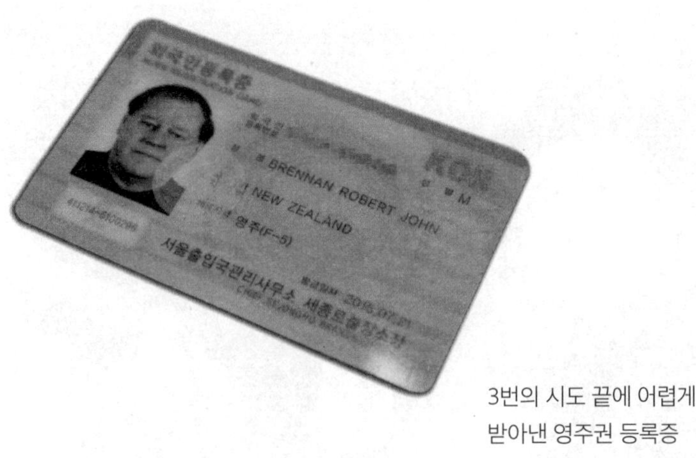

3번의 시도 끝에 어렵게
받아낸 영주권 등록증

또한 그만큼 그는 한국 사람들과 한국 땅을 사랑하고 있다.

그래서 안광훈 신부는 좀 서운할 때가 있다.

한국에서만 50년 세월을 지났는데도, 여전히 그는 한국 사람으로 인정받지 못하고 있다.

10살짜리 아이도 한국에서 태어났다는 이유만으로 한국 사람으로 여겨지고 대접받는데, 50년 세월을 한국사회에서 뒤섞여 살아온 그는 여전히 '외국인'으로 취급 받고 있어 섭섭하다. 대선, 총선에서의 투표권은 주어지지 않고 이제 겨우 영주권을 받아 지방선거에서의 투표권만 생겼다. 그래서 2022년 지방선거에서 처음으로 투표권을 행사할 수 있게 됐다.

당연히 영주권을 받는 일도 쉬운 일이 아니었다. 영주권을 얻기 위해 세 번이나 신청을 했는데, 처음엔 냉정하게 거부되었고, 두

번째는 자격을 얻을 만한 기록을 갖추지 못했다는 이유를 들었다. 세 번째는 '서울명예시민권'과 '2014년 아산대상' 받은 기록을 챙겨 제출했는데 담당자는 될 것 같다고 기다려 보라고 했다. 그런데 영 소식이 없었다. 그러다가 2015년 법무장관이 바뀌자마자 영주권이 나왔다. 아무래도 모든 서류와 자격을 갖췄음에도 불구하고 법무장관이 결재를 해주지 않았던 모양이다. 그 법무장관이 바로 황교안이다. 혹여 공안검사 출신의 장관이어서 안광훈 신부의 반 유신독재 투쟁이 못마땅했었는지도 모르겠다.

은퇴 신부로 조금은 편하게 쉬어도 될 나이이지만 안광훈 신부는 지금도 아침에 삼양동 집을 나서 삼양동 〈삼양주민연대〉 사무실로 출근을 한다. 누구든 천천히 삼양동 골목을 걸어 다니다 보면, 조무래기 아이들이 달음박질치는 경사길을 오르는 80대 노 신부를 만날 수 있다. 술 한 잔 나누기 좋아하는 그의 뒷모습은 지학순 주교라는 사람을 닮았고, 따뜻하고 선한 웃음은 바보라 불리우던 김수환 추기경의 미소와도 닮았다.

강북구를 넉넉하게 내려다보는 삼각산의 세 봉우리는 멀리 구리 방면에서 보면 누워있는 사람의 얼굴 모양새인데, 누구는 그의 얼굴과 삼각산의 큰 바위 얼굴이 닮았다고도 했다.

높다란 성당 꼭대기 십자가처럼 근엄한 신부님이 아니고 이제 삼양동 골목에서 언제나 마주칠 수 있는 넉넉한 동네 할아버지.

그의 이름은 강북구에 사는, 한국사람 안광훈이다.

HISTORY

지학순 주교의 양심선언

1974년 7월 6일 원주교구장 지학순 주교가 김포공항에서 체포됐다. 민청학련 사건과 관련하여 내란을 선동하려는 목적으로 시인 김지하에게 자금을 주었다는 혐의 때문이었다.

7월 23일 오전까지 비상군법회의에 출두하라는 소환장을 전달받은 지학순 주교는 양심선언을 발표하였다. 이 양심선언은 천주교 고위성직자로서는 처음으로 유신체제 반대 입장을 분명히 밝힌 것으로 사회적으로 큰 파장을 불러일으켰다. 안광훈 신부도 이 당시 함께 했다.

지학순 주교는 양심선언을 통해 “양심과 하느님의 정의가 허용치 않으므로 소환에 불응한다”면서 “유신헌법이라는 것은 1972년 10월27일에 민주 헌정을 배신적으로 파괴하고 국민의 의도와는 아무런 관계없이 폭력과 공갈과 국민투표라는 사기극에 의하여 조작된 것이기 때문에 무효이고 진리에 반대되는 것”이라고 밝혔다.

이후 지학순 주교는 8월 12일 1심에서 징역 15년, 자격 정지 15년 형을 선고받고 법정 구속이 되었고, 그로부터 6개월이 지난 1975년 2월 17일에 석방되었다.

©서울대교구

전 미향마을 주민대책위원회 총무

장정숙

서러운 스물두 살, 강원도 처녀의 삼양동 분투기

장정숙 총무

그에게 따라 붙는 자연스런 호칭이다.

삼양동 108번지, 미향마을 주민대책위원회의 총무를 맡아 서울시와 강북구의 '이유 불문 철거'에 맞섰다. 그 호칭과 맡았던 직책에서 투쟁 기질의 단단한 투사를 생각하기 쉽지만 실제로 그녀는 여리디 여리고 착하디 착하다. 그녀는 지난 세월 이야기를 하는 동안 중간 중간 눈물을 살짝 비쳤고, 조금은 서러워했다.

"세상에 아무도 없다는 생각이 들 때가 많았어요. 혼자 서울 와서 동생들 가르치며 키울 때도 그랬고, 구청에서 철석같이 약속해 놓고는 느닷없이 밀고 들어와 살던 집들을 때려 부술 때도 어찌나 눈물이 나든지…. 아이고, 그 이야기하려니까 또 눈물이 나려고 하네."

세월이 흘러도 살갗과 머릿속에 내려앉은 아픔과 서러움의 자국은 지워지지 않는 법인가 보다. 그녀는 이야기하는 내내 어찌 그 세월을 견디고 지나왔는지 모르겠다는 표정으로 말을 이어갔다. 시골에서 올라와 그녀의 뒷바라지를 받으며 공부해서 서울대학교에 합격한 남동생이 유신독재정권에 맞서 데모를 하고 수배당해 쫓기던 시절이야기는 고스란히 한국 현대사이자, 드라마의 기막힌 설정이었다. 한 사람의 인생에 한 시대의 스토리가 담겨 있다.

"미향마을 지키려고 진짜 고생 많이 했어요. 서럽기도 엄청 서러웠지"

스물두 살 나이에 돈 한 푼 없고 의지할 곳도 없이 보따리 하나만 달랑 들고 서울로 올라 왔다. 난생 처음 와 본 삼양동 꼭대기 북한산 자락에서 자리를 잡고 살면서부터 강원도 처녀의 48년 서울살이 분투기가 시작됐다.

가난한 강원도 가족사

그녀의 아버지는 그 악명 높은 군함도에 끌려갔던 징용 노동자다. 탄광에서 일하던 아버지는 목선 하나에 몸을 싣고 빠져나왔고, 그 과정에서 독립운동 하는 이들을 만나 그렇게 독립운동에 뛰어들었다. 장정숙 씨가 담담하게 풀어 낸 이 단 두 줄의 이야기에도 한국 근현대사의 비극이 압축되어 있고, 파란만장한 가족사의 간난신고가 고스란히 묻어 있다.

장정숙 씨의 어머니는 남편이 징용 노동자로 끌려 나가자 고향인 강원도를 떠나 통영으로 이사 갔고, 남편이 독립운동에 나서기 시작하자 만주에 가까운 두만강 변으로 이주해 살았다. 그러는 사이 남편이 집에 들를 때마다 아이가 하나씩 태어났고 모두 6남매를 두었다. 장정숙은 그 중 셋째, 위로 오빠 둘과 밑으로 동생 셋을 두었다. 참 가난했다.

"우리 식구들은 다 강원도 사람이에요. 우리 어머니 14살, 아버지 13살에 두 분이 결혼을 하셨고 21살에 우리 큰 오라버니를 낳으셨어요. 큰 오라버니 낳고 아버지가 한 10년 또 독립운동을 한다며 세상을 떠돌다 집에 오셨는데 그때 둘째 오라버니를 낳고, 어머니는 아버지 따라 통영으로, 두만강으로, 나중에는 강원도 통천으로도 옮겨 다니며 사셨죠. 해방되고 나서도 우리 식구들은 강원도 이곳저곳을 옮기며 살았어요. 홍천도 살고, 인제도 살고, 거진에도 살고. 아버지가 해방되고 나서 집으로 돌아오셔서 나를 낳았어요. 그리고 6.25 터지고 정신없이 살다 6.25 끝나고 나서 동생 셋이 태어났죠. 풀 한포기 꽂을 땅도 없이 가난하고, 돈 한 푼 없는 살림에 식구가 그렇게 줄줄이 생기는데 너무너무 가난했죠."

엎친 데 덮친 격으로 젊은 시절 험한 세상을 돌아다니며 고생을 했던 아버지는 몸이 급속도로 약해져 시름시름 앓다 마흔 일곱 살 젊은 나이에 세상을 떠났다. 부족한 살림은 암담한 상황으로 몰렸다.

그런데 뜻밖으로 장정숙의 말을 빌리자면 '하느님이 보우하사' 동생들이 머리가 좋았고, 공부를 잘했다. 강원도 산골에서 중학교까지 배우고 서울 고등학교로 시험을 쳤는데 덜컥 합격했다. 장정숙이 눈을 질끈 감아버려도 될 일이었지만 없는 살림에 솟을 구멍이 생겨난 거라는 생각이 들었다. 그래서 집안의 가장인 큰 오빠가 동생들의 서울 공부 뒷바라지를 해줄 수 없겠느냐고 미안스럽게 물어 왔을 때 거절하지 않았다. 자신은 비록 많이 배우지도 못했고, 일찍부터 객지에 나가 미용학원에서 미용기술을 배웠지만 동생들은 야무지게 가르치겠다고 각오를 단단히 했다. 그렇게 장정숙의 서울살이가 시작된 것이다.

삼양동 경상도 아주머니

서울에 올라왔을 때 그녀의 나이 스물 두 살이었다. 서울은 강원도 땅과는 전혀 다른 세상이었다. 서울로 처음 올라오던 날, 그녀의 손에는 가방 하나가 달랑 들려있었다.

사람들에게 물었다. 어디로 가야 없는 돈에 서울에서 살 집을 얻을 수 있을지.

가난했지만 이웃끼리 서로를 보듬었던 미향마을 전경

물어물어 알게 된 곳인 삼양동으로 가기 위해 시내버스 25번을 타고 종점에 내렸다. 버스에서 내려 동네를 둘러보니 가파른 골목이 끝없이 이어지는 산동네가 펼쳐져 있었다. 지게를 진 짐꾼들은 버스 승객들의 손에 들린 짐을 살피고 있었다. 장정숙은 꼬불꼬불 이어지는 골목길을 따라 걸어 오르기 시작했다. 얼마쯤이나 올랐을까 동네 아주머니 세 분이 구멍가게 앞에서 이야기를 나누는 모습이 보였다. 조심스레 그 사람들에게 다가가 사정을 설명했다.

"제가 지금 강원도에서 올라오는 길인데, 오늘부터 살 곳을 마련해야 합니다. 그런데 돈이 없어서요. 죄송하지만 제가 어떻게 해서든 집세도 내고 은혜도 갚을 테니 어디 살 수 있는 곳을 좀 안내해주시면 감사하겠습니다. 저를 믿으시고 좀 부탁드리겠습니다."

입술에 힘 줘가며 이를 앙다문 강원도 처녀의 절절한 하소연을 물끄러미 올려다보던 한 아주머니가 장정숙의 손목을 잡았다.

"마 내랑 가입시더. 울 집에 마침 빈 방이 하나 있어가 놀고 있는데, 아가씨가 쓰기엔 고마 딱인기라!"

경상도 사투리의 아주머니에게 고맙다고 고개를 연신 조아리면서 그이가 손목을 잡아 이끄는 대로 따라갔다. 서울에 올라 온 길로 삼양동을 찾아왔고, 삼양동을 찾아오자마자 살 집을 얻었으니 강원도 당찬 처녀의 첫 서울 상경은 말 그대로 드라마의 한 장면이었다.

그렇게 자기를 믿어준 경상도 사투리의 집주인과는 그 뒤로도 서로 믿고 의지하며 살았다. 장정숙이 필요하다면 언제든지 돈도 빌려주는 고마운 은인이었다. 강북구는 장정숙에게 은인을 만나게 해줬고, 정을 알게 해준 곳이다.

서울대생 누나 삼양동 처녀 미용실 원장님

살 곳을 얻었으니 돈을 벌어야 했다. 다행히 강원도에서 미용기술을 배운 게 있어서 삼양동에 미용실을 열었다. 크진 않았지만 거울과 의자, 미용제품을 갖다 놓고 번듯하게 시작했다. 다행히 사람이 많이 몰리던 시절이고 기술이 좋다고 소문이 나면서 사람들이 줄을 섰다.

작은 방안에서는 동생이 공부를 했고, 밖에서는 누나가 손님들의 머리카락을 볶아 파마를 해주면서 살았다. 그렇게 공부시킨 동생이 어느 날 덜커덕 서울대에 합격을 했다. 너무 기뻤다. 이런 일이 있도록 자신들을 품어 준 강북구가 너무 너무 고마웠고, 삼양동이 너무 너무 감사했다. 장정숙은 지금도 기억한다. 동생은 당시 서울대에 6번째로 좋은 성적으로 합격했다. 동생이 다니던 오산고등학교 선생님들조차 동생이 서울대에 갈 수 있을지 없을지 자신하지 못하던 마당에 보란 듯이 좋은 성적으로 합격을 한 것이다.

"선생님들 의견이 반으로 딱 갈렸었데요. 오산고등학교가 이북에서는 좋은 학교였지만, 남쪽으로 내려와서는 서울대에 그때까지 한 명도 못간 상태라 동생이 아무리 공부를 잘해도 어렵다는 의견과 아니다 합격할 수 있다는 의견으로 나누어 진 거죠. 동생도 내심 걱정이 되었는지 자기 서울대 떨어지면 어떻게 하느냐고 침울하게 묻더라고요. 그래서 제가 그 형편에 겁도 없이 까짓것 재수해서 내년에 한 번 더 보면 되니까 걱정 말라고 큰소리를 쳤죠. 동생을 격려하느라 한 말이었지만 뭘 믿고 그랬는지…. 그런데 덜컥 붙었더라고요!"

가족의 자랑인 남동생 졸업식에서 어머니와 함께

그렇게 사랑하는 동생의 눈물 나는 서울대 입학기로 이야기가 끝나면 좋겠지만 세상일이 어느 것 하나 그렇게 쉽지 않았다. 동생이 학생운동에 뛰어든 것이다.

젊은 나이에 자기 공부는 포기한 채 동생 뒷바라지에 모든 것을 바치던 장정숙을 걱정하고 안쓰럽게 생각하는 사람들은 동생을 욕했다. 어떻게 해서 들어간 대학인데 인생 망치려고 데모 질이냐, 누나 고생한 걸 생각하면 저럴 수 있느냐고 수군거렸다.

그러나 동생에게는 일제 강점기 거친 삶을 살고, 독립운동을 했던 아버지의 피가 끓고 있었던 모양이다. 동생과 동기생들인 서울대 74학번 세대들이 대부분 그랬듯이, 아니 양식이 있는 그 시절 국민들이라면 다 그랬듯이, 박정희 독재정권이 만들어 내는 불의와 무고한 사람들을 사형시키는 폭력성에 침묵하기 어려웠을 것이다.

경찰이 매일 같이 동생을 잡으러 왔고, 행방을 물으며 을러댔다. 세상 물정을 알지 못하는 삼양동 미용실 누나는 그저 동생이 걱정되고, 겁이 났다. 경찰들이 올 때마다 마음 졸이고 벌벌 떨던 생각만하면 지금도 눈물이 난다. 동생은 친구들을 통해 누나에게 연락을 해왔다. 동생 친구들이 와서 전하고 가는 소식은 한결같았다. 누님 마음 아프게 하는 일은 절대 안 생길 테니 걱정하지 마시라.

"하루는 예쁜 아가씨 둘이 찾아 왔어요. 파마도 하고 이런 저런 이야기도 하다 보니 동생 이야기도 하고 그랬죠. 그런데, 파마를 하고도 안 가고 한참 더 앉아 있더라고. 이런 저런 눈치를 살피더니 문 닫을 때쯤 일어나면서 슬쩍 말하더라고. 사실 자기들이 경찰인데, 동생 잡으러 왔다고. 어디 있는지 이야기 해달라고. 그래서 모른다고 말하면서 빌었어요. 우리는 엄청 불쌍한 사람들이니까 잡아가지 말아달라고."

독립운동이다 뭐다 하면서 온 가족을 힘들게 했고, 몸이 상해 일찍 돌아가셔야 했던 아버지가 생각났을 수도 있다. 그 들어가기 어렵다는 서울대를 갔으니 이젠 살 길이 열렸다고 생각했는데 청천벽력 같은 소식에 동생을 원망했을 수도 있지만 장정숙은 동생을 전혀 원망하지 않았다. 세상일을 모르지만 똑똑한 동생이 틀린 일을 하지는 않았을 것이라는 확신이었다. 그저 동생이 경찰에 잡히지 않기만을 바랐을 뿐이다.

누나의 속을 썩였던 동생은 그 뒤 경찰에 잡혀 고생을 했는지, 어쨌는지 아무 말을 하지 않아 지금까지도 확인을 못했다. 누나가 걱정할까봐 어떤 고생을 겪었다 해도 말하지 않을 동생이긴 했다. 동생은 그야말로 블랙리스트에 올라 그 뒤로 여러 불이익을 당했다. 취직도 안됐다. 취직을 해도 좀 있다 잘리기를 반복했다. 받아주는 곳이 없어 외국계 회사에 취업을 했고, 결국은 독일계 회사의 한국지사장까지 지냈다. 고생한 것 치고는 좋은 회사에서 좋은 대접 받았다고 할 수도 있다. 동생만 생각하면 마음 졸이던 누나도 이제는 마음을 놓고 마주하고 웃을 수 있어 좋다.

시동생들까지 8명 동생들 뒷바라지

강북구 삼양동의 철거는 여러 차례 진행되었다. 그때마다 사람들과 동네가 뚝뚝 떨어져 나갔다. 미용실을 찾는 사람들이 줄어드는 것으로 철거가 진행되고 있음을 실감할 수 있었다.

지금의 솔샘터널 위 북한산 둘레길 윗부분 산자락까지 집들이 들어서 있었다. 대부분이 무허가였고, 남의 땅에 집을 짓고 살고 있었다. 서울시는 이런 무허가 판자촌을 하나씩 정리해 나갔다. 사람들은 이쪽 판자촌에서 밀려나 다시 저쪽 판자촌으로 몰려 갔다. 갈 곳 없는 사람들이 하소연도 하고 저항도 했지만 막무가내로 철거가 집행되던 시절에 힘없는 서민들이 버텨낼 재간이 없었다.

장정숙은 결혼해서 세 들어 살던 집을 인수했다. 남편은 밑으로 달린 동생들을 모두 거둬 가르쳤고 자신도 동생들을 서울로 올라오게 해서 학업을 뒷바라지했다. 양쪽 집안에서 장정숙 부부가 거두고 가르친 동생들 수가 모두 여덟 명이었다. 엄청난 숫자다.

"우리 집이 양쪽 집안의 서울 진출 전진기지였다고 할 수 있죠. 그 좁은 집안에 시동생들이랑 내 동생들이 복닥거리고 있는데, 아이고 말도 말아요. 그런데 그렇게 살면서도 우리 한 번도 안 싸웠어요. 얼굴도 한 번 찡그린 적 없고요. 그냥 그렇게 잘 살았어요. 요즘 드라마를 보면 저처럼 사는 사람이 나오더라고요. 동생들이 그래. 나를 보는 거 같다고."

그렇게 양가 동생들을 거두고 가르쳐 시집 장가를 다 보냈다. 심지어 한 해에 결혼식을 네 번 치른 적도 있었다. 지금도 동생들과 의좋게 지내고 같이 늙어 가면서 생각하니 스스로가 참 대견하다. 장정숙의 엄청난 희생과 헌신으로 동생들은 모두 잘 살고 있다. 장정숙은 스스로 대견하고 고생했다고 위로한다. 별다른 보상은 없지만 그게 바로 인생이다.

철거에 맞서는 주민대책위 총무님

어느 날 동생들 키워 내보내고 자식들 키우던 그 집에 검은 먹구름이 몰려 왔다. 재개발 바람이 불더니 1990년 중반 이후 삼양동에 아파트 건축이 대규모로 추진되었다. 곳곳에 재개발조합이 결성되었고 사람들은 불안에 떨었다. 재개발에 포함되는 곳도 있었고, 제외되는 곳도 있었다. 장정숙은 어떤 방향으로 재개발이 진행되는지 관심도 없었다. 그냥 자신은 그곳에서 살기만을 바랐다. 장정숙의 집은 재개발에서 제외되어 가슴을 쓸어내렸다. 그런데 엉뚱하게도 서울시가 삼양동 산동네를 공원화하겠다는 계획을 발표하면서 하루아침에 집에서 나가야 하는 처지가 되었다.

78채 정도의 집이 남아 있는 동네였다. 그냥 살게 해준다면 동네를 아기자기하게 잘 꾸미고 아름답게 관리하면서 살 테니 나가라고만 하지 말라는 게 동네 사람들의 요구였다. 사람들이 야무진 강

마을 공터에 모여 서로에게 용기를 북돋던 시절

원도 똑순이 아줌마 장정숙을 찾아오기 시작했다. 자신들을 좀 지켜달라는 거였다. 망설이기는 했지만 마냥 외면할 수가 없었다. 동생에게만 흐르는 줄 알았던 아버지의 피가 그녀에게도 흐르고 있었을까? 장정숙은 그렇게 철거대책에 맞서는 주민대책위원회 총무가 되었다. 2002년 2월, 겨울 끝자락이었다.

뭐 하나 쉬운 일이 없었다. 사람들은 저마다 자기 욕심과 생각을 앞세웠다. 장정숙은 그 생각과 욕심을 다 챙겨줄 수는 없지만 들어주는 것은 잘할 수 있었다. 그런데 동네 사람들끼리 갈라지기 시작했다. 2억을 줄 테니 자신들에게 협조하라는 이야기도 들었다. 구청 측에서는 사람들을 회유하고 이간질을 했다. 많은 사람들이 흔들렸고 빠져나갔다. 부침개를 부쳐 나눠 먹고 쌀이나 연탄

이 떨어지면 서로 빌려줘 가면서 살았던 이웃들이 서로를 배신자라고 욕하면서 싸우기 시작했다. 하루하루가 힘들었다. 장정숙은 그래도 어려운 사람들 편에 서야 한다고 생각하며 흔들리는 마음을 다잡았다.

철거문제가 불거지자 철거관련 투쟁단체들이 찾아왔다. 그들은 단체비 명목으로 돈을 요구했다. 그러나 주민들은 낼 돈이 없었다. 그래서 대신 같이 힘을 모아주는 단체의 집회에 참석했다. 숱한 집회 현장을 함께 했고, 그들이 또 미향마을의 집회에 와서 함께 해주었다.

그렇게 하루하루 버티면서 구청 측에 호소했다.

우리 개인 소유 땅이고 집이다. 개인의 거주 자유를 이렇게 무시하면서 우리를 쫓아낼 수 없다. 고건 전 서울시장한테 그냥 살도록 두겠다는 약속도 받았다. 그러니 우리가 이 동네를 공원으로 잘 관리하고 유지할 테니 그냥 내버려 두시라. 꽃도 심고, 나무도 심고, 아이들 위한 생태학습장도 만들겠다. 깨끗하게 유지하며 동네 사람들이 오며 가며 쉴 수 있도록 할 테니 그냥 사람이 살 수 있게만 해 달라.

구청 측도 머뭇거렸다. 개인 소유인 것도 맞고 사람이 살도록 두는 것도 나쁘지 않기 때문이다. 그러나 서울시의 정책이라는 것은 이럴 때 다르고 저럴 때 달랐다. 구청의 머뭇거림은 오래가지 않았다.

미향마을을 지키기 위해 마을 곳곳을 아름답게 가꾸었던 사람들

철거의 달인이라고 불리는 새로운 부구청장이 서울시에서 파견되어 강북구로 왔다. 이명박 서울시장 당시 청계천 철거를 밀어붙이는 불도저 역할을 했다고 했다. 그가 오면서 큰소리를 쳤다고 했다.

"청계천도 내가 해치웠는데, 까짓 몇 집이나 된다고 못하겠느냐!"

그가 오고 긴장감이 최고조에 달했다. 경찰차가 수시로 다녀가고 경찰들이 오고갔다. 마을 동정을 살피는 것 같았다. 그러던 어느 날 강북경찰서에서 정보계장이랑 두 사람이 찾아왔다. 현충일 연휴인데다가 비도 오고 그래서 철거는 절대 못하니 마음 푹 놓으라는 것이다. 안면도 있고, 대한민국 경찰이 와서 그렇게 이야기 하니 경계하는 마음이 풀어졌다. 그런데 새벽에 잠시 일을 보러 나간 어느 날, 그 사이에 철거반들이 몰려 와서 집을 다 허물어 버렸다. 가재도구는 다 끌어내서 한쪽에 쌓아두었다. 소식을 듣고 부랴부랴 쫓아와 보니 이미 집들은 다 허물어 버렸고 가재도구들은 주룩주룩 내리는 장대비 맞으며 쌓여 있는 모양새가 그렇게 처량해 보일 수가 없었다.

악을 쓰고 몸을 던져 저항해 보았지만 소용이 없었다. 그 정도의 저항도 귀찮았던지 장정숙과 마을 사람들은 차에 강제로 실어 먼 곳으로 버려졌다. 그렇게 미향마을을 지키겠다는 소박한 마음, 내가 살던 집과 동네에서 살겠다는 바람이 낡은 집들과 함께 허물어지고 말았다. 내리는 빗속에 먼지 하나 제대로 일으켜 보지 못하고 허물어졌다. 2008년 6월, 초여름 장마가 시작되는 때였다. 만 6년을 넘긴 장정숙의 고단한 주거권 투쟁이 막을 내리고 무너지는 날이었다.

장정숙의 꿈

"그래도 지금도 가끔씩 그 때 내가 중심 잡고 버텨준 덕에 합의도 보고 그나마 집 장만도 할 수 있었다고 고맙다고 하는 사람들이 있어서 보람을 느껴요. 하지만 지금 생각해도 너무 힘들었어요. 다

철거반원들이 들이닥쳐 부서지고 헐어진 미향마을 모습

시 하라면 못할 거예요. 그런데, 정말 궁금해요. 왜 그렇게 우리를 쫓아낼 생각만 하고 우리 이야기는 들어주지 않았을까요? 우리 돈으로 꽃 사서 심고, 나무 사서 심으면서 동네를 공원으로 만들고 있었고, 관리도 계속 하겠다고 했는데 왜?"

미향마을을 없애고 장정숙과 마지막 마을 주민들을 쫓아낸 무지막지한 공권력만 귀를 닫고 있었던 것이 아니었다. 고백하건데 그 과정을 지켜보고 같이 했던 나 역시 그 말을 알아듣지 못했다. 비슷한 문제가 생기면 속절없이 철거를 당하고 쫓겨나거나, 아파트를 짓는 일을 환영하거나 아니면 버티다 보상을 제대로 받는 것 외에 다른 대안을 생각도 하지 못했다.

요즘도 나는 가끔 생각한다. 그때 왜 장정숙의 이야기를 제대로

미향마을 입구를 지키고 있던, 추억이 된 장승들

이해하지 못했을까? 아니 이해했더라도 내가 할 수 있는 일은 없었을 것이다. 강제 철거를 막기 위한 단순한 노력도 힘이 부치는, 당시 나는 국회의원도 아닌 평범한 사람일 뿐이었으니까. 그 처지에 철거를 중지시킬 뿐 아니라 철거대상 지역을 '사람이 사는 공원화' 한다는 것은 생각하기도 힘든 목표였다.

최근 들어 '스토리텔링과 도시재생'이라는 개념이 등장했다. 이야기가 있는 구도심, 낡은 가옥과 골목을 사람들이 찾는 관광지로 만드는 것이다. 통영이 그렇고 목포가 그러하며 서촌마을과 재래시장이 있는 골목들이 곳곳에서 관광명소가 되고 있다. 북한산 둘레길과 맞닿은 곳에 사람이 살고, 삼양동의 옛 풍경이 살아 있는 동네가 있었다면 참 많은 사람들이 찾았을 텐데 하는 아쉬운 마음이 한가득이다.

장정숙의 꿈대로 미향마을을 지켰다면, 강북구는 우리 동네 아이들이 아무 때나 찾아갈 수 있는 생태마을을 가질 수 있었을 것이다. 어미닭이 병아리를 몰고 다니며 모이를 쪼고, 강아지들이 뛰어 노는 모습을 미향마을에서 볼 수 있었을 것이다. 생태체험장 작은 연못에서 개구리와 올챙이, 도롱뇽과 두꺼비가 어울리는 모습도 쉽게 찾을 수 있었을 것이다.

아쉽고, 미안하다.

그 때 내가 아무 힘도 없고, 멀리 보는 지혜도 없어서 장정숙의 꿈이 우리 시대에 앞서 나간 꿈이었다는 사실을 이제야 깨닫고 있기 때문이다. 안타깝게도 2008년 강북구는 미향마을을 잃었고, 스토리를 잃었으며, 아이들이 꿈을 키울 수 있는 기회를 또 하나 잃었다.

배움의 열정, 공부벌레 장정숙

그렇게 쫓겨났지만 장정숙은 지금 행복하게 살고 있다.

부부가 아들 하나, 딸 하나를 얻어 지금 둘 다 시집 장가를 보냈다. 딸은 착해서 엄마가 바라는 남편감을 찾아왔다. 장정숙의 사윗감 기준은 단순했다. 딸이 키가 작으니 키가 큰 남자여야 한다는 것과 장남이 아니어야 한다는 것이었다. 시동생들 줄줄이 건사해

지금도 배움에 대한 열정이 가득한 공부벌레 장정숙

야 했던 세월이 힘겨워서 딸마저 장남과 결혼하면 딸이 고생할까 봐 그런 조건을 걸었을까? 오히려 그 반대다. 공부만 하느라 집안 일을 제대로 못 배운 딸이 행여나 시어머니 힘들게 할까봐 그런 조건을 내걸었단다. 남을 먼저 배려하는 장정숙이라는 사람의 착한 천성이 이럴 땐 답답하게 느껴질 정도이다.

아들은 같은 동네에 살면서 여러 가게를 운영하고 있다. 가까운 곳에 아들 내외가 있는 게 그렇게 든든하고 좋을 수가 없다. 아들과 딸 둘 다 미양초등학교를 나와 인근 중고등학교를 졸업했다. 시동생들과 친동생에 자녀들까지 모두 10명을 건사했고, 대학까지 가르치고 결혼까지 시켰다. 참 대단한 부부이다.

장정숙은 지금 늦깎이 공부 중이다. 방송통신대 국어국문학과 재학 중이다. 얼마 전 85% 장학금을 받았는데, 이제는 전액 장학금을 받겠다며 열공 중이다. 공부에 재미가 붙어서인지 장정숙은 성균관대학교 유학대학원에서 개설한 서예 전문 과정을 다녔고 자격증까지 땄다. 경희대가 개설한 인문학 강좌도 충실하게 다 챙겨 들었다.

자신이 요즘 무슨 공부를 하고 있는지 일일이 짚어 나가는 장정숙의 얼굴에 행복이 가득해 보였다. 가난한 부모 밑에서 자신은 배움의 기회를 제대로 갖지 못했지만 동생들은 챙기고 가르쳤다. 또 시동생들까지 챙기고 가르치느라 갖지 못한 공부의 기회를 이제 차근차근 찾아가고 있는 그의 눈빛은 배움에 대한 열정으로 반짝였다.

"내가 미쳤죠. 이 나이에 무슨 공부를 한다고 말이야. 그런데 정말 재미있고 보람 있어요. 국문과 다니면서 인터넷에 블로그를 하나 만들어 글을 올리는데, 남들이 들어와서 읽어 보고는 글을 잘 쓴다고 해요. 그냥 인사로 하는 소리겠죠? 그런데 난 그걸 진짜로 알아듣고 신나해요."

"대단하시네요. 서울대에 동생을 보낼게 아니라 본인이 가셨어야 하는 거 아닌가요?"

"제 말이 그 말이네요. 얼마 전에 서울대를 졸업한 조카애가 하나 있는데, 내가 그 조카에게 그랬다니까요. 내가 요즘 시대에 태

"힘든 시절 함께 이겨낸 우리 남편, 지금도 너무 멋져요"

어났더라면 내가 너희 학교 졸업했을 거라고 말예요. 조카도 동의하더라고요."

그렇다. 그의 배움에 대한 열정과 노력과 집념이면 서울대가 아니라 그 어떤 해외 유명대학이라도 합격했을 것이고 우수한 성적으로 졸업했을 것이다. 평생을 가족과 이웃을 위해 헌신하고 착하게 살아 온 강북구 사람 장정숙. 진심으로 이제부터라도 그녀가 자신을 위해 더 행복한 시간을 만들어 나가는 데 집중했으면 좋겠다.

젊은 시절의 희생을 보상 받는 차원이 아니라 주변사람들에게 존중 받고 박수 받았으면 좋겠다. 그와의 오랜 인연과 이 글을 통해 나부터 장정숙의 삶에 박수를 보내고 고개 숙여 감사를 드린다.

"참 많은 사람들이 강북구를 떠났지만 저는 강북구가 정말 고맙고, 삼양동 이 동네가 정말 감사해요. 나를 이만큼 살게 해주고 있게 해줬거든요. 이 동네가 더 많이 발전하고 변화했으면 좋겠어요. 나도 이것저것 도울 일을 계속 찾고 싶어요."

진심으로, 그녀와 그녀가 살아 온 시대와 사람들에게 박수를 보낸다.

한 가지 사실을 덧붙이며

참! 장정숙은 자신들을 쫓아내는 데 앞장선 부구청장에게 끝까지 앙갚음을 해줬다. 미향마을을 없애고 정년퇴직을 한 그 사람은 서울 마포구에서 국회의원으로 출마를 했다. 장정숙 부부는 그이의 선거구를 찾아가 동네 사람들을 붙잡고 그 사람이 왜 떨어져야 하는지 호소하고 다녔다. 길거리에서 하루 종일 낙선운동을 하고 다닌 셈이다. 그 때문인지 아닌지 모르겠지만 그는 선거에 떨어졌다. 서민들의 삶의 터전을 허물던 사람이 서민들을 대변하는 국회의원이 되겠다고 나선 것 자체가 아이러니한 일이기는 했다.

HISTORY

서울 판자촌 철거사

해방 후 서울에는 달동네, 판자촌 등 빈민촌이 많았다. 장정숙이 살던 미향마을도 그 중 하나다. 1966년 존슨 미국대통령의 방한과 1972년 남북대화를 계기로 낡은 판자촌이 즐비한 서울의 중심부가 국제사회에 드러났다. 이를 계기로 서울 도심에서는 재개발 사업이 본격화됐고, 1970년대 소공동에 플라자호텔, 롯데호텔 같은 대형 건축물이 하나둘씩 건설되기 시작했다.

철거민 문제가 본격적인 사회 문제로 떠오른 것은 1984년 목동 투쟁 등을 통해서다. 86아시안게임과 88올림픽 등 거대 스포츠행사를 연이어 준비하던 정부는 1984년 5월경 서울 목동과 상계동 등의 판잣집들을 도시미관에 해가 된다며 강제로 철거하기 시작했다.

토지와 건물을 서울시가 수용한 다음 아파트를 짓겠다고 했지만, 판자촌 주민 대다수는 아파트 분양권을 받더라도 입주할 능력이 없었다. 결국 서민들은 보금자리를 빼앗기고, 변두리로 밀려날 수밖에 없었다. 현재 서울에 남은 빈민촌은 노원구 백사마을, 강남구 구룡마을, 서초구 성뒤마을 정도다.

©서울사진 아카이브(photoarchives.seoul.go.kr)

장애인의 자립생활
보장하라!

강북구장애인단체총연합회장

유영호

이 땅의 당당한 장애인으로 살아간다는 것

소아마비

두 살짜리 남자 아이가 심각한 고열에 시달렸다. 40도를 넘나드는 체온에 지친 아이는 나중엔 울지도 못할 지경이었다. 아이 부모는 사나흘을 그렇게 고열에 시달리면서 울고 칭얼대던 아이의 열이 내리자 다행이라 여기고 모든 일이 다 끝난 줄 알았다.

그러나 소아마비였다. 바이러스는 뇌와 척수의 운동신경조직에 엄청난 손상을 입히고 후유증을 남긴 것이다. 아이에게 그 후유증은 하반신 마비 증상이었다. 신체장애가 생긴 것이다. 부모는 절망했다. 평생 장애를 안고 살아가야 하는 아들의 운명을 정면으로 바라보기 힘들었다. 슬픔에 빠져 있는 부모와 달리 아이는 그저 방긋거리며 놀았다. 자신이 안게 된 인생의 짐이 얼마나 부당하고 무거운지 깨닫기엔 아이는 아직 너무 어렸다.

아이가 그 짐의 무게를 깨닫기 시작한 것은 부모의 등에서 내려와야 할 만큼 컸을 때였다. 걷는 아이들과 달리 기어야 했고, 다른 사람의 손에 의해 옮겨져야 했다. 목발을 짚고 초등학교에 다니기 시작하면서부터 자신의 장애가 남들에 의해 어떻게 규정되는지 처절하게 깨닫기 시작했다. 8살 때 수술을 하기도 했지만 아무런 소용이 없었다.

철없는 친구들은 아이를 놀리기 시작했고, 차별하기 시작했다. 때리는 아이들도 있었다. 끝없이 이어지는 학교의 계단과 달릴 수 없는 운동장은 아이에게 또 다른 세상의 벽을 의미했다. 60명이 이르는 아이들을 가르치고 돌봐야 하는 담임선생님은 몸이 불편한 아이를 배려할 여유를 갖지 못했고, 같은 반 급우 대부분은 뒤처지는 아이를 신경 쓰지 않았다. 그렇게 세상의 차별은 차곡차곡 아이에게 담을 치며 쌓여왔다. 차별의 벽속에 갇힌 아이가 할 수 있는 일은 우는 것 밖에 없었다. 그리고 자신의 운명을 원망하며 웅크리는 것이었다.

유영호의 초등학교 시절은 그랬다. 누나나 동생들이 가방을 들어 주었지만 그냥 걸어 올라가기에도 만만치 않은 삼양초등학교 정문 오르막길을 목발을 짚고 6년 동안 다니는 일은 쉬운 일이 아니었다. 힘든 등하굣길과 쌓여만 가는 차별 때문에 유영호는 초등학교 시절 내내 조용히 주눅 들어 있는 모습으로 지내야만 했다.

첫 번째 저항

중학교에 진학했다.

장애인에게는 학교를 선택할 수 있는 우선 선택권이 주어져 있었다. 집 근처 신일중학교를 선택했다. 신일중학교는 계단 대신 경사로가 설치되어 있어서 1층부터 4층까지 휠체어와 목발을 이용해 스스로 오르내리는 일이 가능했다. 이런 이점 때문인지 신일중학교에는 유영호와 비슷한 처지의 장애인 급우들이 많았다. 한 반에 3~5명 정도가 있었다. 동병상련 처지의 친구들이 생기자 숨을 쉴 수 있을 것 같았다. 평생 친구 송임근도 이 때 만난 친구이다.

같은 반 같은 처지의 친구들이 생기자 체육시간이 달라졌다. 초등학교 때에는 단 한 번도 나가보지 못한 운동장에서 공을 만지며 놀 수 있는 기회가 만들어 지기도 했다. 장애인 학생들끼리 조를 구성할 수 있었기 때문이다. 체육교과를 담당하던 담임선생님이 장애인 학생들에게 체육시간에 꼭 참여해야 한다고 방침을 정한 탓이다. 처음에는 왜 우리를 귀찮게 하느냐고 투덜거렸지만 나중에 생각해보니 그렇게 섞이고 어울리는 것이 교육적으로 더 나은 결정이었다.

사춘기가 찾아왔다. 유영호는 거칠어지기 시작했다.

초등학교 시절 따돌림과 놀림에 울기만 했던 아이가 아니었다. 어떤 것이든 간에 자신에 대한 부당한 차별에 맞서려고 했다. 부

고민도 많고 하고싶은 것도
많았던 청년 유영호

당하다고 생각되는 일에 대해서는 단호하게 맞섰다. 거듭된 경고에도 불구하고 자신을 괴롭히거나 놀리는 상대에 대해서는 목발을 휘두르며 제압했다. 주먹다짐으로 번져 자신이 두드려 맞더라도 피하지 않았다. 장애가 있는 몸으로 싸움을 하면 때리는 것 보다 맞는 경우가 더 많았지만 상대가 기가 질려 더 이상 덤비지 않겠다고 할 때까지 맞서 싸웠다. 장애인 유영호가 세상과 맞서는 첫 번째 저항이었다.

주변에 거칠게 대항하자 같은 반 친구들은 점점 더 유영호를 피했다. 대신 몸은 불편하지만 '깡다구 있는 놈'으로 분류가 되자 속칭 '문제아'들이라 불리는 친구들이 찾아오기 시작했고 그들과 어울렸다. 점점 더 자기를 이해하는 친구들과 어울리는 일이 많아졌다. 그 친구들과의 사이에서는 '장애'가 문제가 아니라 '싸움 잘하고 깡다구 있는 놈'인지 아닌지가 우선이었다.

그 시절 대부분 불량써클이 그랬듯이 그럴싸한 모임의 이름도 있었다. '일신회'. 아마 매일매일 새롭게 한다는 뜻의 '일신우일신(日新又日新)'에서 따온 말이 아니었나 생각한다. 이 때 친구들은 공부는 못했지만 의리가 있다. 대부분 자기 사업을 하면서 잘 살고 있고, 지금도 자주 만난다. 오십을 넘긴 나이지만 만나면 거칠었던 그 시절 사춘기 청소년으로 금세 돌아가는 친구들을 보며 죽마고우란 이런 것이구나 하는 생각을 한다.

노골적인 장애인 차별 사회

중학교를 졸업하고 입학한 신일고등학교는 얼마 다니지 못하고 중퇴했다.

"공부에 흥미가 없어졌어요. 공부를 해봐야 아무런 의미도 없었어요. 왜냐하면 장애인은 합격을 하더라도 대학교에서 입학을 허가해주지 않는다는 기사가 신문에 나왔더라고요. '아! 대학이 나를 필요로 하지 않는가 보다. 그럼 나도 대학 가기 위한 공부 따위는 더 이상 하지 않는다' 이런 생각이었죠."

그럴 리가 있나? 60년대라면 모를까 80년대에 장애인이라는 이유로 대학입학을 거부하는 대학이 있었다는 것이 사실일까?

유영호가 이야기 하는 1986년 경 장애인의 대학입학 거부 사건이 어떤 것인지는 오래된 일이라서 그런지 관련 기사를 찾기 어려웠다. 그러나 1988년 공주사대와 1999년도 서원대학교가 장애인 학생의 입학을 거부한 사건을 찾을 수 있었다.

1988년 신문기사에 따르면 국립대학교인 공주사범대학이 이 대학 특수교육과에 지원한 시각장애인 2명의 입학응시원서 접수를 거부했다. 이유는 '시설미비'였다. 시각장애인들의 교육기관인 대전 대명학교 고3 학생인 이재화, 한영기 두 명이 그 피해 학생이었다. 그들은 사립대학에서도 이런 차별은 없는데 왜 국립대학이 이런 차별을 하느냐고 항의했다. 대학 당국의 변명은 기가 찼다.

"모집요강 등에 나와 있는 문교부 지침에 의거 수학시킬 수 없는 점을 설명하고 사립대학 쪽으로 진로를 바꿔달라고 유도하고 있다."

국립대학기관으로서 하늘 부끄러운 줄 모르는 태도였다.

대명학교 학생들은 이렇게 울부짖었다.

"저희 시각장애인들은 능력이상의 것을 요구하지 않으며 다만 할 수 있는 범위 안에서 우리의 능력을 인정받기 원한다."

충북 청주의 서원대학교는 지난 1999년 12월 28일 미술대학 서양화학과 정시모집에 원서를 넣으려던 뇌성마비 장애인 서주현에 대해 '장애인이 다닐 수 있을 만큼의 시설이 설치돼 있지 않다'는 이유로 원서 접수를 거부했다. 이번에도 역시 시설미비를 이유로 장애인의 교육권을 박탈한 것이다.

이와 관련해 서주현씨는 2000년 3월 서원대학교를 장애인복지법 제12조 4항인 "모든 교육기관은 장애를 이유로 장애인의 입학지원 또는 입학에 불리한 조치를 취하여서는 아니 된다" 및 같은 법 제57조 위반으로 청주지방검찰청에 고발했다. 청주지검 형사2부는 벌금형으로 약식기소를 했고 이 형이 확정되었다. 당시 언론과 사회단체들은 이 벌금형 부과를 매우 의미 있게 보았다. 존재하기는 했지만 사문화된 조항으로 있던 장애인복지법의 처벌 조항이 적용된 것이기 때문이다.

그러나 갈 길은 아직 멀었다. 그 벌금액은 겨우 50만원.

결국 대학교 입장에서는 벌금을 맞더라도 장애인의 교육권을 확보하기 위한 시설 설치비용이 훨씬 싸게 드는 셈이다. 때문에 대학당국은 입학을 거부하는 편이 더 낫다고 판단했을 것이다. 이들에게는 사람보다 돈이 우선인 셈이다. 장애인의 교육권보다 대학당국의 편익을 우선했기 때문에 처벌을 감수하고 입학거부라는 범법행위를 감행했을 것이다.

대한민국에서 대학 교육기관이 국민의 교육권을 박탈하고, 국가가 그 위법한 행위를 낮은 수준으로 처벌함으로써 그 차별 행위를 사실상 방치하는 셈이다. 6월 항쟁 이후 그나마 열려 있던 국면인 1988년과 새천년을 앞둔 1999년에도 이런 일이 버젓이 벌어지고 있었으니 1986년에는 말해서 무엇 하랴! 장애인 대학입학이 거부되는 일이 아무렇지도 않게 벌어지는 사회라는 것을 알고 유영호의 절망이 얼마나 컸을지 짐작이 된다.

일할 권리, 투표할 권리도 차별받다

이 뿐이 아니다. 장애인의 의무고용을 규정한 〈장애인고용촉진법〉을 어기고 장애인 고용을 꺼리는 기업들은 여전히 많다. 기업들도 1999년 서원대처럼 차라리 벌금형을 선택하는 것이다.

고용노동부가 2017년 발표한 자료에 따르면, 우리나라 30대 대기업 중 무려 22곳이 장애인 의무고용을 지키지 않고 있었다. 정부가 장애인 고용 실적이 현저히 낮은 국가·자치단체 8곳, 공공기관 19곳, 민간기업 521곳 등 총 548곳의 명단을 발표했는데, 특히 자산총액 상위 30대 기업집단 가운데 8곳(삼성·SK·롯데·한화·두산·LS·S-오일·KT&G)을 제외한 22개 기업집단 계열사 35곳이 장애인 고용 저조기업이었다. 특히 이 중에서도 GS O&M과 (주)한진관광은 장애인 노동자를 단 한명도 고용하지 않았다.

또 521개 기업 가운데 대한항공 등 273개소만 3회 연속 명단공표 대상에 포함됐다.

장애인자립센터 건립을 위해 거리에서 투쟁하던 유영호

공공기관의 장애인 고용 현황도 심각하게 저조하다.

2019년 1월 기준 공공기관 경영정보시스템인 알리오(ALIO)에 따르면 전국 338개 공공기관의 2018년 신규 채용인원은 2만1589명이고 이 중 장애인은 327명으로, 전체 채용인원 중 1.52%에 불과한 것으로 드러났다.

공공기관의 장애인 고용률은 2014년 2.91%, 2015년 2.93%, 2016년 2.96%, 2017년 3.02% 등 법적인 의무고용률 3.4%보다 모자라는 수치이다.

개별 공공기관도 상황은 마찬가지다. 일례로 서울대병원은 지난해 674명의 신규 인원을 채용했는데 이중 1명이 장애인이다. 한국보훈복지의료공단 역시 지난해 뽑은 677명 중 장애인은 1명에 불과했다.

장애인들이 겪어야 했던 사회적 차별과 수모는 이 뿐이 아니었다.

교육이라는 보편적 권리에서도 차별을 겪을 뿐 아니라 투표권을 외면당하는 참정권의 박탈 사례까지 있었다.

실례로, 2000년 16대 총선에 투표를 하기 위해 투표장에 간 한 여성 장애인의 경우가 그렇다. 그녀는 휠체어를 탄 여성이며 5살 아이의 엄마였다. 친정 식구들과 함께 투표하기 위해 투표소로 갔는데 투표소는 2층에 위치하고 있었으며, 지역 복지관이었지만 엘리베이터나 리프트 시설은 전혀 갖춰져 있지 않았다.

이 여성의 친정아버지가 먼저 올라가 선거관계자들에게 도움을 요청했으나 선거관계자들은 "내년에 해라! 투표소를 들판에 설치하란 말인가!"라는 황당한 대답을 늘어놓으며 도움을 거부했다. 화가 난 가족들은 모두가 투표를 거부하고 돌아 설 수밖에 없었다.

지금 다시 돌이켜 보면 이런 황당한 일들은 우리 사회 곳곳에서 벌어지고 있었다.

유영호가 대학의 장애인 입학 거부 기사를 보고, 고등학교 자퇴를 결정하고 돌아선 데에는 그만한 이유가 있었던 것이다.

조선시대 보다 못한 대한민국

조선시대는 어땠을까. 당시에는 '장애인'은 있어도 '차별'은 없었다.

정창권이 쓴 <근대 장애인사> 라는 책을 보면 조선시대에는 장애인에 대한 국가적 사회적 차별이 없었다.

“조선시대 정부는 장애인을 자립 가능한 사람과 자립하기 어려운 사람으로 나누어 지원정책을 펼쳤다 …(중략)… 조선 초기인 태종 대와 세종 대에는 세계 최초의 장애인 단체인 명통시(明通侍)가 있었는데, 이는 서울 5부의 시각장애인이 모여 조직적으로 활동하던 곳이다. 명통시는 시각장애인을 위해 특별히 설립한 것으로, 국가의 지원을 받는 엄연한 공적 기관이었다 …(중략)… 장애인에 대한 사회적 인식도 대단히 수준 높은 편이었다. 조선시대엔 장애인/비장애인의 이분법적 사고가 거의 존재하지 않았다. 장애인을 불완전한 존재로 보거나, 비장애인을 완전한 존재로 보지 않았던 것이다.”(1장 근대와 함께 출현한 장애. pp. 20~21)

장애인에 대한 차별정책이 이 땅에 자리 잡기 시작한 것은 일제강점기부터였다. 장애인을 불완전한 존재인 ‘불구자’로 보고 차별적 시각이 주류를 이루기 시작했다고 한다. 같은 책에서는 조선시대 권균, 이원익, 심희수, 윤지완, 김재로, 채제공 등 숱한 정승판서들의 예를 들면서 ‘장애인 총리와 장관’의 존재를 보여준다. 지금 대한민국의 총리, 장관들 중에 장애인 당사자들이 몇 명이나 역할을 하고 있는지 생각해보면 아픈 지적이다. 우리는 여전히 장애인들에 대한 정책을 시혜적으로 보거나 이벤트 중심적으로 생각하고 있는 것이 아닌가 하는 반성을 갖게 한다.

첫 월급

고등학교를 중퇴한 유영호는 마음 맞는 친구들과 어울려 놀며 시간을 보냈다. 부모님이 주는 용돈으로 놀 수 있는 범위는 비록 한정되어 있었지만, 제도 교육을 벗어나면서 될 대로 되라는 식으로 살아가는 것이 차라리 속은 편했다. 하지만 언제까지 그럴 수만은 없었다.

유영호의 첫 직업은 금은세공기술 공장 노동자였다. 아버지 친구 분의 권유로 금은세공기술을 익히기 위해 공장에 들어갔는데 자신과 잘 맞지 않았다. 오래 일하지 못했다. 아버지가 하던 인쇄업에 흥미를 갖기 시작했다. 전산 사식 자격증을 땄다. 당시만 해도 활자 한 자 한 자를 손으로 모아서 활자판을 만들고 그 판형으로 책을 만드는 수동 사식이 주된 인쇄 방식이었다. 그런데 지금의 컴퓨터 활용 인쇄처럼 글자를 컴퓨터로 입력하고 만들어 곧바로 출력하는 전산 사식 방식이 도입되기 시작한 것이다. 기계만 해도 한 대에 1천만 원이 넘는 엄청난 고가였다. 그걸 배워서 일을 맡아서 하기 시작했다. 첫 월급은 15만원이었다. 용돈 받아 쓸 때에는 전혀 느끼지 못했던 돈의 소중함을 알게 되었다. 한 달 고생의 값으로 번 첫 돈이었기 때문이다. 용돈 받아 쓸 때처럼 쓸 용기가 나지 않았다. 어머니에게 고스란히 10만원을 드렸다. 아들로 태어나 어머니에게 드리는 첫 용돈이었다. 그의 나이 갓 스무 살, 지금으로부터 32년 전인 1987년의 일이었다.

두 번째 저항

1987년은 우리 사회의 엄청난 변화가 시작된 해이다.

일단 6월 항쟁이 있었다. 그 에너지는 대한민국의 정치구조를 바꾸었다. 대통령 직선제 개헌을 이뤄냈다. 거리의 민주화 요구가 헌법을 바꾸고 민주적 절차의 법적 제도화를 이뤄냈다. 이 에너지는 단지 정치구조의 변화에 그치지 않았다. 6월의 에너지는 그 해 여름 노동자 대투쟁으로 확산되었다. 억압된 사회 분위기와 노동현장에 짓눌렸던 노동자들이 목소리를 내며 거리로 쏟아져 나오기 시작했다. 그 에너지는 노동조합의 건설이라는 또 다른 제도적 변화로 이어져 나갔다. 곳곳에서 노동조합이 결성되고 탄생의 첫 일성은 총파업으로 터져 나왔다.

이 변화의 흐름은 사회 곳곳을 바꿔 놓았다. 수많은 사회단체가 생겨났고 사회 곳곳의 변화 요구가 제도화를 위한 다양한 움직임으로 이어졌다. 장애인들도 움직이기 시작했다.

그동안 우리 사회의 뒷면에서만 존재했던 장애인들, 없는 존재로 취급받거나 소외의 그늘 속에 방치되었던 이들이 움직이기 시작했다. 자신들을 둘러싼 차별과 소외의 틀을 깨기 위해 연대하고 소리치기 시작한 것이다. 그런 의미에서 1987년은 대한민국이 다시 세워지는 해로 기록되어도 될 것이다.

1987년 그해 겨울 사단법인 〈장애우권익문제연구소〉라는 단체가 창립대회를 가졌고, 나중에 장애인 부문 대표로 국회의원에

당선된 이성재 변호사가 소장을 맡았다.

전산사식 기술과 기계를 보유하고 개인 사업에 뛰어 들었던 유영호는 여러 어려움을 겪다 사업을 접고 1989년쯤부터 <장애우권익문제연구소>에 실무진으로 들어갔다. 이 단체에서 발행하는 <함께걸음>이라는 월간 소식지를 만드는 일에 참여했다. 전산사식 기계와 기술을 가지고 있는 장애인 당사자인 유영호에게 가장 적합한 일이었다. 그가 맡은 직책은 기획실장이었다.

자신과 같은 처지에 놓여 있는 장애인들의 권익보호를 외치고 사회적 변화를 촉구하는 단체에 발을 들이고 사회적 활동을 시작한 유영호는 그 누구보다 빠르게 변하기 시작했다.

사회적 소외 대상이었던 장애인들이 뭉쳐 한 목소리를 내고, 그 목소리가 사회를 다르게 만들 수 있다고 생각한 유영호는 단지 〈장애우권익문제연구소〉가 주장하는 '장애인들의 소통과 연대', '정책개발과 지원요구'에 그치는 소극적 활동에 만족할 수 없었다.

유영호의 활동은 주로 장애인문제연구회 〈울림터〉라는 단체를 중심으로 이루어졌다.

〈울림터〉는 장애인 인권 향상과 복지 증진을 위해서 정립회관 내 고등부 장애인들의 모임인 〈밀알〉을 중심으로 대학생과 활동가 10여 명이 주축이 되서 1986년 9월 결성한 단체이다. 한국소아마비협회가 세운 정립회관은 실내 수영장과 체육관을 구비한 우리나라 최초의 장애인 이용시설로 모든 연령대를 포함한 전체 지체장애인들의 종합복지센터의 구실을 하는 곳이었다. 〈울림터〉의 활동가들은 자체적인 세미나도 열심히 하고, 당시 사회적 분위기를 반영한 사회 변혁의 근본적 문제도 고민했다. 〈울림터〉는 장애 문제를 단지 제도 내의 문제로만 바로 보는 것을 넘어 사회 변혁운동으로 고민하기 시작한 장애인 청년변혁운동 최초의 맹아로 평가되고 있다. 전국지체부자유대학생연합과 함께 '장애인복지법'의 개정과 '장애인고용촉진법'의 제정이라는 양대 법안을 중심으로 1992년까지 활동을 전개했다.

"〈장애우권익문제연구소〉는 장애인 운동단체라고 하기엔 좀 부족하죠. 장애인 문제 해결의 핵심은 요구에 머무는 것이 아니라 이것을 사회적 이슈로 확산시키기 위해 행동하는 것에 있다고

봐요. <울림터>는 행동주의 단체였고, 장애인들의 목소리를 제도적으로 반영하는데 적극적이었습니다. 제가 적극적으로 참여한 이유도 이 때문이죠."

처음 찾아갔을 때 유영호는 이 단체가 갖고 있는 '운동권 문화'에 깜짝 놀랐다고 한다.

"처음에 저는 장애인 문제를 사회적 문제로 인식하지 못했거든요. 다른 사람의 권유로 이곳에 갔을 때 활동가들의 사고방식과 태도, 사회문제를 대하는 열정적 모습에 많이 놀랐습니다. 특히 여성들이 스스럼없이 담배를 태우더라고요. 당시만 해도 여성이 담배를 피우는 것은 금기시되는 분위기였거든요. 그러다 점점 이들의 주장이 맞다고 생각했고, 장애인 문제를 더 이상 개인의 불행 문제로 생각하지 않게 되었죠. 엄청난 변화를 제 스스로 겪은 겁니다."

유영호는 그렇게 변했다. 장애인들 생존권 보장을 요구하면서 명동성당에서 88서울올림픽 거부 단식 농성을 14일 동안 참여하기도 했다. 첫 번째 저항과 달리 그의 두 번째 저항은 혼자가 아니라 집단적으로, 조직적으로, 사회적으로 이루어지기 시작했다.

강북구 장애인 운동의 책임자

밖에서 사회운동 단체들과 장애인 운동을 하던 유영호가 강북구의 장애인 단체와 본격적인 인연을 맺은 것은 2004년 강북구지체장애인협회의 회장으로 임명되면서부터이다.

현재 유영호는 강북구장애인단체총연합의 회장이다. 지체장애인협회의 지회장을 맡고 그 다음해 선출되어 지금까지 맡고 있다. 강북구지체장애인협회는 6년간 맡았는데 지금은 다른 사람이 그 역할을 이어가고 있다.

강북구장애인단체총연합회는 강북구 지역 장애인 단체 18개의 연합체로서 4년마다 한 번씩 이사회에서 회장을 선출한다. 유영호는 벌써 13년째 회장직을 맡고 있다. 이 단체는 강북구에 거주하는 등록 장애인 1만 7천 8백 여 명의 대표자 역할을 하는 동시에 장애인들의 권익을 지키기 위한 법 개정, 사회제도 변경 노력을

강북구 장애인 회관 식구들과 함께

펼치고 있다. 또한 몸이 불편한 장애인들과 노인들의 편익을 증진시키기 위해 각종 서비스를 시행한다. 강북구에 등록 장애인 수가 다른 구보다 많은 이유는 번3동에 장애인임대아파트가 있기 때문이다. 강북구뿐 아니라 노원구와 강서구 등 장애인 임대 아파트가 들어 선 지역은 마찬가지로 등록 장애인 수가 많고 장애인 단체가 활발하게 움직이고 있다. 유영호는 서울시 각 구마다 있는 장애인 단체총연합회 중 강북구가 가장 활발하게 움직이고 있다면서 자부심을 나타냈다.

"다른 구에서는 우리 단체를 많이 부러워하죠. 비록 크지는 않지만 장애인단체연합회가 독립적인 건물을 자체적으로 갖고 있다는 것, 무료급식소를 운영하고 있다는 것, 휠체어 등 장애인 보장구 수리 센터를 운영하고 있다는 것, 그리고 이불 등 큰 빨랫감을 처리해주는 빨래방도 운영하고 있죠. 하나하나가 장애인들의 생활 속에서 가장 필요한 사업이에요. 강북구청 등 많은 곳에서 도와주고 있기 때문이기도 하지만 그동안 우리 단체가 강북구 장애인들에게 꼭 필요한 단체가 되기 위해 노력한 결과라 자랑스럽게 생각합니다."

유영호가 처음 강북구장애인단체총연합회를 처음 맡을 때의 나이는 39살이었다. 그 당시 서울시 각 자치구의 장애인단체총연합회의 대표 중 가장 어린 대표자였고, 지금도 가장 젊은 대표자다. 대부분 장애인 단체들의 대표자들이 주로 나이가 지긋한 5~60대가 많은데, 엄청난 파격이었을 것이다. 처음 강북구장애인단체총연합회의 대표자 역할을 시작할 당시만 해도 너무 젊은 사람이라서 놀라기도 하고 거부감을 보이기도 했던 지역의 단체 대표자들의 모습은 아직도 생생하다.

요리사 아들

수유리 빨래골에서 태어나 삼양동에서 자라난 유영호에게 강북구는 고향이자 놀이터이고 지금도 살아가는 삶의 터전이다. 비록 목발을 짚고 다녔지만 삼양초등학교의 운동장과 신일중학교의 뒷산은 최고의 배움터였다. 사람들이 많이 모이는 수유시장과 삼양동 비좁은 골목골목들은 유영호가 평생 안고 갈 정겨운 추억들로 가득하다.

유영호에게는 아들이 하나 있다. 올해 스물다섯 살, 군대도 다녀왔다. 아버지처럼 동네에서 학교를 다녔다. 화계초등학교와 신일중학교, 신일고등학교를 졸업했다. 아버지가 다니던 학교를 졸업했던 것이다. 유영호는 요리사가 직업인 아들이 해주는 음식을 먹는 것이 가장 행복하고 즐겁다고 한다. 술은 밖에서 친구들하고 먹지 말고 아빠한테 배우라고 하며 좀 일찍부터 가르쳤는데, 이제 제법 아버지와 권커니 자커니 하면서 부자의 정을 나누는 일이 잦아졌다. 유영호는 그저 그것이 좋다.

"아들에게 공부하라고 강요한 적이 없어요. 자기가 관심 없는데 공부하라고 강요한다고 아이들이 공부를 할 리가 없잖아요. 고등학교 때부터 요리를 좋아하고 관심을 갖더라고요. 군대를 다녀오고서는 일찍부터 그 일에 매진하더니 지금은 퓨전 요리 체인점 가게에서 주방을 맡아 일을 하고 있습니다. 자기가 돈을 벌어 오니 뭐 어른 된 거죠."

나 또한 두 아들의 아버지다. 세상의 모든 아버지들은 아들에게서 자신의 모습을 발견하면 신기하기도 하고 덜컥 겁이 난다. 자기가 했던 실수나 오류를 반복하지 않기를 바란다. 그러나 그 아들의 인생에 이러쿵저러쿵 할 수 없는 것이 아버지이기도 하다. 유영호도 그저 대견한 아들이 잘 해주기만 바랄 뿐이다. 자신이 겪었던 세상과의 거친 갈등이 아들에게는 없기만을 바랄 뿐이다. 자신과 달리 장애가 없는 아들은 세상 앞에서 더 당당할 수 있을 것으로 기대하기도 한다.

유영호의 꿈

유영호의 몸에는 많은 상처 자국이 있다. 어느 여름날이었던가? 그가 늘 입고 있던 긴팔 점퍼를 잠깐 벗어 놓았을 때 그의 팔뚝에 수없이 있는 흉터 자국을 보았던 적이 있다. 너무 많은 상처 자국에 많은 궁금증이 일었지만 나는 차마 그 상처에 대해 묻지 못했다.

이번 기회를 빌려 그에게 그 상처에 대해 물었다. 그의 대답은 간단했다.

"뭐 어릴 때 거칠게 놀았던 때 흔적이죠."

그랬을까? 그가 거칠게 놀았던 때, 주먹다짐과 쌈박질의 흔적이었을까?

어쩔 수 없이 대한민국의 장애인으로 살아야 한다는 사실을 온 몸으로 깨닫게 되었을 때, 더 이상 혼자 웅크리고 앉아 울지 않겠다는 다짐을 하게 되었을 때, 그는 자신을 둘러싼 차별과 멸시의 벽에 온몸으로 저항했다. 상처는 그 저항의 흔적이었을 것이다.

그의 저항은 자신을 괴롭히는 개인들과의 싸움이기도 했고, 장애인을 둘러싼 사회적 차별정책의 철폐 투쟁이기도 했다. 그의 싸움은 점점 더 커져가고 있고 점점 더 많은 것을 변화시켜 가고 있다. 사람보다 돈을 먼저 생각하는 사회에서 장애인이 사람답게 살아가기 위해서는 잘못된 우선순위를 바꾸기 위한 노력과 투쟁이 필요하다는 것을 알기 때문이다. 가장 어려운 처지에 놓여 있는 장애인이 편안하면 세상 모두가 편안하다는 것도 알고 있다.

감히 추측컨대, 유영호 온 몸의 상처만큼이나 마음속에도 온갖 상처가 가득할 것이다.

하지만 그는 아팠던 상처의 기억에 머물지 않고 세상의 변화를

그는 요즘 캄보디아 장애인에게 휠체어를 공급하는 봉사활동에 공을 들이고 있다

위해 움직이고 또 움직인다. 강북구와 대한민국의 변화 뿐 아니라 우리보다 더 어려운 환경에 놓여 있는 제3세계 저개발국가에 대한 지원에도 관심이 많다. 몇 년 전부터 캄보디아 장애인협회에 대한 지원을 위해 앞장서고 있다.

장애인이 아무런 장애를 느끼지 못하고 살아갈 수 있는 강북구와 대한민국을 위한 유영호의 꿈과 노력이 우리 사회를 변화시켜 나가기를 기대한다. 우리보다 어려운 처지의 다른 나라에도 힘을 보태고 연대사업을 펼치는 그의 바람처럼 이 세상에서 장애인이라서 차별받는 일이 없어지기를 바란다. 이제 이 세상 어디에서도 장애인이라는 이유로 놀림 받아 우는 아이가 없어야 하고, 장애인이라는 이유로 취학과 취업이 거부되는 억울한 일이 벌어지지 않아야 한다.

그런 사회가 제대로 된 사회이고, 그런 세상이 사람 사는 세상이다.

그래서, 유영호의 꿈은 우리 모두의 꿈이다.

장애인의 날

장애인이 차별받지 않고, 존중 받게 된 역사는 그리 오래지 않다. 장애인에 대한 국민의 이해를 깊게 하고 장애인의 재활의욕을 높이기 위하여 제정한 날로서 매년 4월 20일을 장애인의 날로 하고 장애인의 날부터 1주간을 장애인 주간으로 정했다.

유엔은 1981년을 '세계 장애인의 해'로 선언하고 세계 각국에 기념사업을 추진하도록 권장하였다. 이후 한국에서도 '장애인의 해' 선언 취지를 달성하기 위하여 세계 장애인의 해 한국 사업추진위원회를 구성하여 각종 사업을 추진하였고 당시 보건사회부(현 보건복지부)가 4월 20일 제1회 장애인의 날 행사를 주최하였다. 제정 당시는 '장애자의 날'이었으나 1981년 심신장애자복지법(현 장애인복지법) 제정과 함께 '장애인의 날'로 바꾸어 불리게 됐다.

처음에는 법정 기념일로 지정되지 못한 채로 1982년부터 한국장애인재활협회 주관으로 장애인재활대회라는 명칭 아래 기념식을 개최하게 되었다. 이후 1991년 정부는 장애인복지법, 장애인고용촉진법을 제·개정하였고, 4월 20일 '장애인의 날'이 법정기념일로 설정되었다.

©국가기록원

수유전통시장
SUYU TRADITIONAL MARKET
남문1 SOUTH GATE 1
수유시장
연기학원

연기학원

최기석

수유시장 창업자

아내

"죽을 수밖에 없는 팔자였드랬어...우리 할마니는"

22년 전 사별한 아내에게 미안한 일이 무엇이냐고 묻자 인터뷰 내내 홍겨운 평안도 사투리 짙은 큰 목소리로 이야기를 이끌어 가던 그의 목소리가 가라앉으며 엉뚱한 대답이 흘러 나왔다.

이제는 두 아들에게 회사 운영과 사회활동의 대부분을 맡기고 현직에서 물러나 있지만 아직도 '수유전통시장'으로 매일 출근하고 있는 수유시장의 창업자 최기석 회장.

1926년 생, 이제 94세를 넘겼음에도 그의 목소리와 얼굴에는 활력이 넘쳐났다.

4층 건물 계단을 난간을 잡지 않고도 오르내리는 기력은 90대 중

"이북에 있는 그리운 고향 안주 얘기는 끝이 없어요"

반의 노인이라고는 믿기 힘들다.

다소 장황하리만큼 사람과 사건에 대한 기억을 되살려 인생을 되짚는 시간 내내 그는 100미터 달리기를 하는 선수처럼 활기찼다. 말투와 손짓에는 인생에 대한 자신감이 묻어났다. 그의 사무실에 가득한 표창장과 감사장, 역대 대통령들과 찍은 사진들이 그의 자신감의 이유를 증거하고 있었다.

그런데 아내에 대한 기억을 더듬을 때 내내 앞을 향했던 그의 눈빛이 아래를 향했다. 그의 손짓은 자꾸만 비어 있는 소파를 가리키며 마치 누군가 그 자리에 앉아라도 있는 것처럼 지칭했다.

'우리 할마니….' 라고.

아내는 자꾸만 머리가 아프다고 했더랬다.

원래부터 건강 체질은 아니었지만 머리가 아프다고 하니 아는 인연을 통해 서울대, 연세대 대학병원에 가서 정밀진찰을 받기도 했다. 아픈 부위를 우선적이고 집중적으로 진찰하고 살폈다. 그러나 뭐가 문제인지 드러나지 않았다. 그저 그런가 보다 하고 무심하게 시간이 지났다. 나중에 알고 보니 아내가 아픈 곳은 머리가 아니라 배였다. 말기 위암 판정을 받았다. 청천벽력 같은 일이었다. 배가 아픈 사람을 두고 머리만 진찰하고 있었으니 병을 어떻게 알고 고칠 수 있었겠나.

가슴을 쳤다. 요즘 같으면 종합 진찰을 받고 정밀진단을 받아 아픈 곳도 찾고 병도 고칠 법한데, 그 당시만 해도 아프다는 곳만 들여다 볼 때였다. 아무리 그래도 같이 사는 사람의 아픈 곳도 몰랐다니 허망한 일이다.

그게 미안했던 모양이다.

94살의 사내는 알아야 할 것을 알지 못하고 고쳐야 할 병을 고쳐주지 못한 아내에 대한 자책을 엉뚱하게도 아내가 죽을 팔자였다 라는 장탄식으로 대신했다. 아내가 하늘로 돌아간 뒤 숱한 세월 탄식하고 자책하면서 후회의 시간을 매만지다 보니 어느덧 아내에 대한 원망마저 생겨난 것일까. 배가 아픈 걸 왜 머리가 아프다고 한 걸까. 아프면 아프다며 제대로 말을 해야지, 미련한 사람 같으니라고….

아내는 1956년에 처음 만났다. 남대문 근처 한 다방이었다.

아내는 평양출신으로 같은 평안남도 말투의 고향사람이라 첫눈

에 마음에 들었다. 물론 인물도 예뻤다. 게다가 평양의 서문고녀, 서울 경기여고 수준의 학교를 나온 인텔리였다. 부모님이 의사이신 상류집안 사람이었는데, 부모님을 북에 두고 두 동생만 데리고 남쪽으로 내려온 외롭고 힘든 처지는 서로 같았다. 그래서였을까? 첫 만남에서부터 서로 끌리고 호감을 갖게 되어 일 년도 되지 않아 결혼을 하게 되었다.

아내는 건강이 좋지 않아 장사를 하거나 평화시장에서 사업을 할 때 가게나 시장에 나오지 못했다. 한국전쟁이 끝나고 사회 전반을 재건하는 분위기여서 모두가 바빴고, 바빠야 먹고 살았다. 부부가 일에 함께 매달리는 건 당연했고, 특히 시장의 분위기는 더욱 그랬다. 한명은 가게를 지키고 한 명은 물건을 떼오거나 외부사업을 펼쳐 나갈 수 있는 장점이 있다. 적어도 서로 번갈아 가면서 쉴 수 있는 장점이 있으니 부부가 함께 일하는 경우가 흔했다. 그 고된 역할을 나눠 맡기엔 아내의 건강이 좋지 않았다. 최 회장은 '내가 아내의 몫까지 하면 된다!'고 생각했다. 아내는 아이들을 키우고 집안일을 전담하면 되었지만 최기석이 도맡아야 하는 일이 시장의 다른 상인들보다 힘들어 지는 것은 분명했다.

뜻밖으로 시장에 나오는 여성 상인들에게 최기석의 인기가 높아졌다. 집안 속사정도 모르는 사람들이 '최 사장은 자기 안사람을 어찌나 끔찍하게 아끼는지 시장에 나오지도 못하게 한다', '최 사장, 평안도 남자답다!'는 다소 엉뚱한 칭송이 돌기 시작한 것이다. 속없는 칭찬도 칭찬인지라 기분이 나쁘지는 않았지만 약골 아내의 건강은 늘 마음에 걸리는 일이었다. 아마 공부 잘하는 인텔리 출신이라 크면서 운동을 많이 못해 그런가보다 하고 생각하기도 했다. 아내가 예뻐하던 손주들이 장성한 모습을 하늘나라에서라도 흐뭇하게 지켜보고 있을 것이라고 생각하며 미안함을 달래본다.

수유시장

최기석 회장은 평안남도 안주 출생으로 한국전쟁 당시 인민군으로 끌려 나왔다 도망 나와 반공포로 석방을 통해 대한민국의 일원이 된 월남인사이다.

1966년 그가 만든 수유시장은 강북구의 랜드마크이자 주민들의

생활중심이다. 지역에 크고 작은 시장들이 생기고 인근에 대형마트들이 줄지어 들어섰지만 수유시장은 여전히 지역주민들이 즐겨 찾는 시장이다.

서울이란 도시가 급속히 팽창하고, 전국의 농촌지역에서 서울로 무작정 올라 온 사람들이 넘쳐 나기 시작하면서 강북구 지역에도 빼곡히 집들이 들어섰다. 무서울 정도의 속도였다. 서울시가 서둘러 도시팽창에 따른 계획을 수립했지만 팽창의 속도를 따라가지는 못했다. 겨우 인구 2만 명 당 학교 하나, 시장 하나를 세우기로 하고 터를 잡는 것으로 최소 필요 공간을 확보했다.

"서울에서 수유시장이 있는 수유지구가 가장 첫 번째로 구획정리를 했더랬지. 그게 1966년이야. 그 다음이 도봉지구고. 당시 부산시장을 하다 서울시장으로 올라온 김현옥 시장이 이 일을 추진했는데, 손바닥만한 곳 정리하는데 뭐 걸리는 것도 없고 그러니 쭉쭉 추진하더만"

그에 따라 수유시장은 바로 옆에 수유초등학교와 함께 계획적으로 배치되고 만들어졌다.

시장이 들어서자 비로소 강북구 지역 사람들은 물건을 사러 시내까지 가지 않아도 되었다. 사람들이 몰리자 시장도 커지고 장사도 잘 됐다. 당시 수유시장 주변으로는 집들이 들어차기만 했을 뿐 그럴 듯한 건물이나 랜드마크가 없었다. 포천으로 나가는 신작로 하나가 덩그러니 있었고, 시외버스 정류장이 있었다. 신일학교도 그즈음에 터를 닦기 시작했다.

당시엔 현재 우이동과 길음역을 잇는 삼양로도 없었다. 삼양로는 시장을 만들고 난 뒤에 새로 길을 뚫어 만들어졌다. 사람이라는 존재가 재미있는 게 길이 뚫리면 쏠리고 만나고 하는데, 새 길이 만들어 지면 기존 다니던 흐름도 완전히 달라진다. 삼양로가 생기고 나니 그 길이 오히려 장벽이 되어서 삼양동 쪽 사람들이 수유시장까지 내려오지를 않았다. 길 하나 건너오는 것이 마치 강하나 건너는 것처럼 심리적 물리적 장벽처럼 느껴지는 모양이다. 삼양로가 뚫리면서 삼양동 쪽에는 새로운 상권이 들어서기 시작했고, 수유시장으로 몰리던 사람의 발길은 분산되었다. 그러나 당시 강북구 주변으로 몰리는 인구가 워낙 많다 보니 수유시장의 성장과 발전에 큰 영향을 주지는 않았다. 오히려 수유시장은 더 체계적으로 발전을 거듭했다.

처음에 3개 건물을 제각각 짓고 시작했던 수유시장이 1976년 현

대화된 건물로 상가를 마련하고 나중에 에스컬레이터까지 설치하자 동네가 들썩였다. 그 시절 과감한 결정이었고 투자였다.

당시만 해도 에스컬레이터는 가장 현대화된 기계시설로 사람들에게 낯선 시설이었다.

TV방송으로만 보던 신식 설비가 마련된 시장으로 사람들이 몰려들기란 당연한 일이었다.

동네 조무래기들이 그 에스컬레이터를 한 번 타보겠다고 구름떼처럼 몰려들고, 어른들도 장을 보러 오는지 에스컬레이터를 타러 오는지 모를 정도로 계단 앞에 장사진을 이뤘다. 건물 경비원이 조무래기들은 쫓아내고 아주머니들의 질서를 잡느라 모자와 완장이 비뚤어지는 것도 모를 지경이었다.

최기석은 수유시장의 변화와 지역의 변화를 앞장서 일궈왔다. 오늘의 수유시장을 만든 것도, 강북구의 랜드마크로 키워 온 것도 그의 공로이다.

자유를 향한 탈출

한국전쟁이 나자 북한 정권은 38세 이하 모든 남성을 징집대상으로 삼았다. 최기석도 동네 선후배 및 그가 졸업한 안주공립농업학교 선후배들과 함께 군에 강제 징집되었다. 이미 북한 공산정권의 행태에 신물이 났고 그들을 위해 전쟁터에서 죽을 생각은 손톱만큼도 없었기 때문에 기회를 봐서 탈출할 생각을 굳혔다. 전선으로 이동을 하고 나서 안농 출신을 중심으로 7,8명의 탈출 동지들을 모아 기회를 엿보기 시작했다. 성급하게 결행을 주장한 사람도 있었지만 실패할 확률이 높았기에 전투가 벌어지면 혼란한 틈을 타서 남쪽 행을 결행하기로 했다.

최기석은 배속된 부대에서 대대본부 서기를 맡았다. 그는 자기 부대 대대장과 같이 있을 기회가 많았다. 대대장은 해방 이전 팔로군 출신이었다. 팔로군은 중국 공산당이 구성한 항일부대로서 조선인 출신 공산주의자들이 많았고, 그들은 일본군과의 전투 경험이 많았다. 아마 그 경험 덕분에 그가 대대장을 맡았을 것으로 생각했다. 그런데 그에게 놀라운 이야기를 들었다. 그도 이런 형태의 전투는 처음이라는 것이다. 그도 그럴 것이 중국 팔로군의 항일전쟁 전술은 주로 유격전술이었다. 정규전으로 맞붙으면 일본군의 화력을 당해낼 수가 없었기 때문에 5~10명 단위로 조를 편성해 치고 빠지며 상대를 괴롭히며 힘을 빼고 무너뜨리는 작전을 구사했던 것이다. 그런데 한국전쟁은 그야말로 전선을 형성하고 서로 정규전을 펼치는 전혀 다른 양상의 전쟁이었다. 팔로군 출신의 대대장이 갖고 있는 전쟁경험은 아무런 도움이 되지 않는 경험이었다. 전투가 시작되자 대대장도 당황하고 겁을 냈다. 이곳저곳이 무너졌다. 후퇴가 시작되었다. 전투는 한두 시간 후 소강상태로 빠졌지만 부대가 후퇴하는 기회를 최기석은 놓치지 않았다. 한동안 숨어 있다가 부대와 반대로 뛰었고, 민가에 들러 옷을 갈아입은 뒤 국군에 항복했다. 포로가 되어 포로수용소로 이동했다. 마침내 북한 정권의 손아귀에서 벗어난 것이다.

반공포로

함께 북한을 탈출한 고향사람들과 거제포로수용소에 수용되었다. 그곳은 또 다른 전쟁터였다. 7수용소는 인민공화국, 8수용소는 대한민국이었다. 양 진영 간의 갈등뿐 아니라 그 내부에서의 갈등도 심했다. 최기석은 이른바 반공포로들 내부에서 대대장을 맡아서 그들을 통솔했다.

전쟁이 막바지로 치닫고 포로송환문제가 대두되기 시작하자 북한으로 돌아가기 거부하는 반공포로들 내부에서 송환에 반대하기 위한 움직임이 격렬해졌다. 최기석은 동료들과 함께 이승만 대통령에게 보내는 호소문을 피로 썼다. 엄청나게 많은 혈서 호소문이 이승만 대통령 앞으로 갔다. 해방 이후 공산정권이 보여준 모습은 그들에게 고향에 돌아가지 못할지언정 다시 그 치하에 살지 않겠다는 결심을 갖게 했던 것이다.

"같이 남쪽으로 탈출한 여러 명을 내가 다 데리고 수용소에서 있었더래서. 우리가 그 안에서도 한 일이 많았어요. 반공청년이라는 거의 거저 된 게 아니거든. 이승만 박사한테 우리가 혈서 많이 썼수다. 그래도 그 때 그 영감이 제일 믿을 만 했거든. 얼마나 많이 썼는지 몰라요. 7수용소는 빨갱이, 8수용소는 우익이었는데 이쪽은 태극기가 올라가고, 저쪽은 인공기 올라가고 그런 난리가 없다 말이지. 그런 가운데 남쪽에 남겠다고 하는 거의 쉬운 일이 아니지"

최종선택이 다가오자 미군은 뜻밖으로 북한군이 보내온 '협박'을 포로들에게 그대로 전달했다. 미군의 포로 대우는 제네바 협정에 따라 매우 인도적이었다. 태평양 전쟁에서 일본군의 포로에 대한 만행을 경험한 미군이 한국전쟁에서는 제네바협정을 적용해 가장 인간적인 포로 대우를 해준 것이라고 최기석은 생각했다. 오죽하면 적이 제시한 '협박'마저도 선택의 자유를 보장하겠다는 이유로 고스란히 전달할 정도였을까.

"미국 사람들이 지금 생각해봐도 대단한기야. 총을 맞대고 싸우던 적국의 포로에 대한 인도적인 대우라는 게 당시 우리 생각에 가당키나 하간? 포로의 선택을 존중한다구 하면서 적국의 메시지를 고대로 전달한다니 말이야!"

북이 거제수용소의 포로들에게 전달한 메시지는 북송을 강요하는 내용 그 자체였다.

'당신들이 송환을 거부한다는 것은, 평생 고향에 돌아오지 못할 뿐더러 당연히 가족을 만나지 못하게 될 것이다. 대한민국에 남아 본들 빈털터리 신세로 어떻게 먹고 살겠는가? 북으로 돌아와라'

많은 동료들이 고향과 가족들 앞에 흔들렸고 무너졌다.

눈물을 흘리며 어쩔 수 없이 북을 선택한 이들이 많았다. 최기석은 이미 마음먹은 대로 대한민국을 선택했다. 조금도 흔들리지 않았다. 북한 정권이 오래갈 것이라고 생각하지 않았고, 분단이 이렇게 길어질 것이라고 생각하지도 않았기 때문이다.

북송과 남한 잔류가 결정되고 나서 반공포로들은 영천 수용소로 옮겨져 있다가 그곳에서 석방되었다. 목숨을 건 탈출로 북한 정권의 손아귀를 벗어났고, 고통스러운 포로생활을 거쳐 마침내 대한민국의 품에 안긴 것이다.

강북구

강북구 사람들은 어려운 조건에서 살았지만 참 착하고 부지런했다.

어떻게든 살아 보겠다는 의지가 강했다. 시골에서 올라온 사람들, 철거로 삶의 터전에서 밀려난 사람들도 많았다. 수유시장이 개장되던 당시 포천 방면으로 뚫어 놓은 도로를 제외하고는 변변한 길도 없었다.

수유시장 주변과 미아동 주변으로는 도봉로를 중심으로 그나마 주택가가 구획정리 되고 제법 옹기종기 질서를 가지고 들어섰지만 삼양동 쪽으로는 사정이 달랐다.

삼양동 쪽 주택가는 작은 땅이 있기만 하면 무턱대고 집을 지어 터를 잡았다. 무질서하게 아무렇게나 지어진 집들 때문에 번지수도 무질서하게 매겨졌다. 골목과 골목이 이어지지 못하고 막히거나 끊기기도 했다. 잘못 들어선 골목에서 난감해 하는 낯선 방문자들을 만나기가 어렵지 않았다. 이런 강북구에 자리 잡은 수유시장은 1970년대, 1980년대 강북구에서 태어난 아이들과 함께 성장했다.

강북구의 아이들은 장 보러 오는 엄마의 손을 잡고 시장에 왔다.

한 푼이라도 더 깎으려고 흥정을 하고, 야채 한 단을 들어보고 내려놓기를 반복하며 이 가게에서 저 가게로 계속 옮겨 다니며 장을 보는 엄마의 끈질긴 짠돌이 정신을 지켜보며 절약정신을 배웠다.

53년의 전통과 역사가 살아있는
수유 재래시장 실내 모습

그렇게 아낀 돈 몇 푼으로 엄마는 아이에게 시장에서 파는 군것질 거리를 사주셨다. 단팥죽은 황홀했고, 도넛은 행복했다. 형이나 언니들 몰래 엄마에게 얻어먹는 간식이 아이들을 시장까지 따라오게 하는 힘이었다.

강북구 아이들은 시장에서 신발도 사고 옷도 샀지만, 시장은 그 자체로 아이들의 놀이터였다. 살아 있는 닭을 잡아 털을 뽑고 삶아 내주는 과정을 아무렇지 않게 지켜 볼 수 있었고, 다 늙은 할머니가 팔려고 내놓은 예쁜 강아지를 안아 볼 수도 있었다. 미꾸라지가 담긴 큰 고무대야통 옆에는 늘 큰 가물치며 잉어를 담아 놓은 통도 있어 손으로 그 미끄러운 감촉을 잡아 볼 수 있는 곳이었다.

새 학기에 가방을 사는 곳도 수유시장이었고, 크면서 바꿔야 했던 이불을 사는 곳도 그 곳이었다. 강북구 아이들에게 수유시장은 말 그대로 삶의 요람기를 고스란히 담고 있는 이야기 박스이다.

처음 시장을 만들고 상인들이 터를 잡기 시작할 무렵부터 최기석 회장은 상인들과 좋은 관계를 가졌다. 평화시장에서의 장사 경험이 수유시장의 상인들에게 적절한 조언을 줄 수 있었기 때문이다. 상인들은 시장 운영자 측에 이런저런 요구들을 하기 마련인데, 최기석은 최대한 성심성의껏 그들의 요구를 들어 주었다. 최기석 회장에게 상인들은 동업자이자 시장 성장의 협력자였다. 상인들의 장사가 잘 되어야 시장이 발전하고 시장이 발전하고 사람들이 몰려야 시장 상인들이 장사가 잘 되는 법이다. 초기 수유시장이 제대로 터를 잡고 발전할 수 있었던 것은 오롯이 시장 상인들의 노력 덕분이었다.

지금도 최 회장은 가끔 사무실에서 내려와 시장 통으로 들어간다.

시장 상인들은 그에게 반갑게 인사를 하며 '회장님 나오셨다'고 고개를 숙인다.

수유시장 한 쪽 코너에서 계란가게를 하고 있는 할머니 한 분과 그 건너편 야채장사를 하시는 할머니 정도만 수유시장의 초기 원년 멤버로서 자리를 지키고 있지 대부분 상인들은 돈을 벌어 나갔거나, 자식들에게 가게를 물려주었다. 이미 하늘나라로 간 사람들도 많다.

“김봉한 씨라고, 여기서 정육점 하다가 돈 벌어 나가서 건물도 짓고 잘 사는 분이 있죠. 지금은 많이들 돌아가셨지만 수유시장에서 돈 벌어 나간 사람들 꽤 많지. 옛날에는 상인들하고 이야기도 잔소리도 많이 했는데 이젠 늙어서 그런지 괜한 소리를 하는 것 같기도 하구 말이야. 그냥 둘러나 보고 마는 거지”

그래도 상가를 다니면서 상인들과 눈 마주치고 웃음을 나눌 수 있는 시간이 그는 행복하다. 아버지뻘 되는 자신에게 살갑게 대해주는 상인들을 볼 때면 자식 같은 생각이 들어 장사걱정을 거들어

보기도 하고 집안의 안부도 묻는다. 시장을 만들고 키워 오면서 이러쿵저러쿵 고비와 위기를 겪었지만 아무래도 상인들과의 이런 끈끈한 믿음과 관계가 없었다면 수유시장을 이만큼 키워 내는 것은 불가능했다는 생각이다.

그래서 누가 뭐래도 시장의 주인은 상인들이라고 최기석은 생각한다.

최기석의 마지막 꿈 "수구초심(首丘初心)"

최기석 회장은 지금도 눈 감으면 고향 안주군의 풍경이 눈앞에 시원하게 펼쳐지는 듯하다. 죽기 전에 고향에 가서 다시 한 번 고향의 흙을 만져 보고 살수강 푸른 물에 몸을 적셔 보고 싶다. 세월이 흘렀으니 정들었던 이들도 모두 세상을 떠났겠지만 씩씩했던 학교 운동장의 나무들과 겨울이면 스케이트를 탔던 칠성공원엔 아직도 미나리가 파랗게 자라고 있는지도 궁금하다.

백상루는 아직도 멋들어진 자태를 뽐내며 그 자리에 서 있을까? 1천 5백 년 전 수나라의 침략군을 몰살시켜 살수대첩의 대업을 이룬 청천강 푸른 물결이 휘감아 돌아가는 모습이 한눈에 내려다보이던 백상루를 떠올리면 최기석 회장은 소년처럼 가슴이 뛴다.

한국전쟁 포로시절, 대한민국 품에 안기기 위해 북송을 거부할 때는 단호했지만 고향을 생각하면 늘 흔들리고 가슴 한 구석이 저

려온다. 고향으로 돌아갈 날을 기약할 수 없다는 사실에 무감할 수 있는 사람이 누가 있으랴!

2013년 안주군 일대에 엄청난 홍수 피해가 닥쳤다는 이야기를 듣고 마음이 몹시 불편했다. 고향사람들이 얼마나 힘들지 생각하면 입맛이 썼다. 이제 남쪽에서 제법 사업을 이루고 있는 처지이다 보니 고향 땅의 안 좋은 소식이 더 신경 쓰였다.

남북관계가 안 좋은 때였기에 진행되던 교류사업도 중단되고 있었다. 정부 차원의 대화가 사실상 막혀 있는 상황이었지만 그래도 억지로라도 방법을 찾고 싶었다. 결국 민간단체인 〈우리민족서로돕기운동본부〉를 통해서 홍수 피해를 입은 고향 땅에 국수를 보내는 인도적 지원 사업을 만들어 냈다. 함께 안주 땅을 떠나온 선배들이 더 기뻐했다.

이념보다, 정치적 대립보다 더 앞서는 것이 고향에 대한 그리움

과 아쉬움이다.

최기석 회장은 고향에 선산을 마련해 이 곳 저 곳 흩어져 있는 집안 어른들의 묘소를 한 곳으로 모아 놓는 것이 마지막 꿈이다. 태어나 배우고 자라던 땅에 돌아가 마지막으로 조상들의 쉴 곳을 마련하고 자손 대대로 그 땅에서 조상들을 모시고 기억하는 터를 마련한다면 좋을 것이라고 생각해 전쟁 직후 북으로의 송환을 거부했던 일 때문에 무려 60년 넘도록 술 한 잔 올리지 못했던 불효를 씻을 수 있지 않을까 생각하는 듯 했다.

서울에 터 잡고 살아가고 있는 아들들과 손자들을 생각하면 안주까지 성묘하러 오라는 게 미안한 일이기는 하지만 자신도 될 수 있으면 안주의 너른 들을 살수강이 휘감고 돌아가는 장쾌한 풍광이 내려다보이는 그곳에서 마지막 자리를 보았으면 하는 바람이 있다.

하지만 이런 바람이 이뤄지려면 통일은 몰라도 최소한 고향방문이 허용되고, 사람의 왕래 정도는 가능해져야 할 것인데 그동안은 그저 상상에서만 가능한 일이었다. 그런데 지난 평창동계 올림픽 이후 돌아가는 분위기가 그를 설레게 하고 있다. 북미정상회담이 두 차례나 열리고 남북 정상들의 만남은 수시로 이루어지고 있는 것이 아무래도 고향을 향한 그의 소박한 바람이 성사될 수 있을 것이란 희망을 갖게 된 것이다.

이런 상상은 어떤가?

자유를 찾아 고향을 등졌던 사내가 그 자유 덕에 강북구에서 큰

장학재단 설립에 동참해 재능있는 강북구 학생들을 돕는 최기석 회장

시장을 이루고 번 돈으로 강북구 아이들을 위한 장학 사업을 하는 것처럼, 그의 고향에서도 아이들을 위한 장학 사업을 하게 되는 모습.

고향 안주 땅에 수유시장의 경험을 살려 사람들 북적이고 상인들 넘쳐나는 "안주군 수유시장"을 만들어 강북구와 안주군의 우호 교류사업 인연을 만드는 모습.

꿈이 현실이 되고, 상상이 세상을 변화시켜 가는 지금, 최기석 회장의 마지막 꿈과 상상은 그저 꿈과 상상일 뿐이라고 누가 감히 치부할 수 있겠는가!

지금은 경기도 파주에 묻혀 있는 아내는 어떻게 생각할까? 넋이나마 고향 땅으로 돌아가고 싶을까?

먼저 간 아내도 북쪽에 두고 온 뿌리와 남쪽에서 내린 뿌리 사이에서 고민과 갈등이 있겠지만 고향에 대한 그리움과 아쉬움은 최기석 회장과 다르지 않을 것이다.

"남이냐? 북이냐?"

그의 젊은 날, 인민군 포로 최기석이 맞닥뜨려야 했던 절망적인 질문과 다르게 이번 질문은 행복에 겨운 질문이다. 가도 걱정 남아도 걱정이었던 시절과 달리 지금은 가도 좋고 안 가도 행복하지 않은가!

그래, 언제 꿈에라도 살며시 물어봐야겠다!

'우리 할마니, 어드렇게 할끼야? 고향으로 갈끼야, 이쪽에 남을끼야?'

HISTORY

거제 포로수용소

최기석이 포로로 잡혀 있던 거제 포로수용소는 6.25전쟁 중 유엔군과 한국군이 사로잡은 북한군과 중공군 포로들을 집단으로 수용하기 위해 설치됐다. 거제는 육지와 가까워 포로를 수송하기 수월하고, 육지와의 교통수단이 배 밖에 없어서 포로 관리 인력과 경비를 최소화할 수 있었다.

1951년 6월 말까지 북한군 15만 명, 중공군 2만 명과 의용군 그리고 여성 포로 3백 명 등을 포함하여 최대 17만 3천여 명의 포로를 수용하였다.

포로수용소는 한국군과 유엔군의 경비 하에 포로자치제로 운영되었는데, 포로 송환 문제를 놓고 북한으로 송환을 거부하는 반공포로와 송환을 희망하는 친공포로로 갈려 대립하였으며 유혈사태도 벌어졌다. 1952년 5월 7일에는 수용소장인 프랜시스 도드(Francis Dodd) 준장이 납치되는 불미스런 사건까지 있었다.

이후 1953년 7월 27일 정전협정이 조인된 뒤 33일간에 걸쳐 거제도에 수용된 친공포로들이 모두 판문점을 통하여 북한으로 송환됨에 따라 포로수용소도 폐쇄되었다.

TAXI
서울33

김상언

봉사대장의 키다리 프로젝트

3.1운동 50주년에 창립한 '삼일운수'

서울 변두리에 자리 잡은 강북구에는 사람이 드물게 살고, 땅값이 비싸지 않았던 시절이라서 가능했을 듯한 시설들이 꽤 많이 자리 잡고 있다.

일단 수도원과 수녀원이 그렇다. 강북구에만 대략 8개의 수도원과 수녀원이 있다. 특별히 종교적 테마도 갖고 있지 않고, 그 당시 서울 인근의 한적하고 인적 드물며 땅값이 싼 곳으로 강북구가 적절한 덕분이었을 것으로 추정된다.

이런 수녀원과 수도원 외에도 강북구에는 택시와 버스회사도 제법 많은 편이다.

이 또한 서울 외곽지역이기 때문에 가능한 일이다. 강북구 소재 택시 회사는 모두 7개, 버스회사는 5개이다. 버스와 택시를 타고

삼일운수 노조위원장과 함께

고단한 하루 노동에 지친 고단한 몸을 이끌고 집으로 돌아가는 노동자들은 강북구 어디쯤에 내려 막걸리를 한 사발 쭉 들이키면서 행복했을까? 도로부터 이어진 꼬불꼬불한 골목길을 따라 오르거나, 더 이상 택시가 닿지 않아 집까지는 걸어가야만 했던 강북구 사람들의 고단한 뒷모습을 세상 사람들은 알까?

빈 버스와 빈 택시로 강북구를 출발하여 서울시민들을 실어 나르며 하루 종일 서울 시내를 돌아다니던 차량들이 잠깐의 쉼을 위해 돌아오는 곳. 강북구는 그렇게 사람과 차량의 고단한 하루를 정리하는 서울 변두리의 작은 동네였다.

강북구에서 가장 큰 택시회사인 삼일운수는 올해로 창립 50주년을 맞이했다. 창립할 때 차고지는 가장 구석진 곳으로 정했다. 그러고 보니 4.19 국립묘지 바로 건너편 동네였다. 공기 좋고 조용한 작은 동네였는데 이제는 많은 사람들이 멋진 레스토랑과 카페를 찾아 일부러 오는 명소가 됐다. 어느새 널찍한 마당을 갖고 있는 주택들도 많이 들어섰다.

삼일운수는 1969년 3월 6일 회사를 창립해 운영을 시작했다. 3.1운동 50주년이 되던 해였다. 왜 회사 이름이 삼일운수냐고 묻자 회사 대표인 김상언은 3.1운동 50주년 기념이라는 깊은 뜻이 있었을 것이라고 창업주인 아버지 고 김봉문 회장의 속뜻을 짐작했다.

아버지인 고 김봉문 회장은 1929년 3월 1일생으로 경남 산청이 고향이다. 공직에 오래있다가 40대 초반에 택시회사를 창업한 자수성가형의 기업가이다. 김상언 사장이 1988년 취임한 이후에도 아들의 뒤를 든든히 받쳐줬다. 삼일운수의 사훈인 '사회가 찾는 올바른 일꾼이 되자!'도 고 김봉문 회장이 직접 정한 것이다.

삼일운수는 차량 96대와 120명의 직원이 함께 운영하는 택시회사로 2015년 서울시가 평가하는 택시업체 254개 회사 중 9위의 평가를 받았다. 꽤 깐깐한 평가 심사였는데 나름 좋은 평가를 받아 회사 구성원 모두가 더욱 자부심을 느꼈다고 한다.

4.19 묘역에서 스케이트를 타다

김상언 사장은 1959년 11월, 성북구 돈암1동에서 태어났다.

돈암1동은 혜화문부터 도봉로가 4호선 성신여대역을 지나 미아리 고개를 넘어선 내리막길 양쪽의 동네이다. 예전에는 서라벌고등학교가 그곳에 있었고 그보다 더 전에는 맑은 개천에 졸졸 흐르던 곳이다. 그 곳에서 태어나 미아초등학교, 신일중학교, 경동고등학교를 다녔으니 성북구, 강북구를 아우르는 '동네 출신'인 셈이다.

부친이 수유동에 땅을 사고 삼일운수를 창업하고 나서 김상언은 회사에 자주 놀러 갔다. 택시들이 들락거리는 회사에서 택시 구경을 하면서 시간을 보냈다. 그게 지겨우면 회사 건너편 4.19 국립묘지를 쏘다니기도 했고 친구들과 우이동 골짜기 입구 개울가로 몰려가 다슬기를 잡으며 놀았다. 당시 우이동 골짜기 입구에는 그린파크라는 놀이공원이 있었는데 지금은 그 땅에 파인트리라는 콘도사업용 건물이 들어서려다가 공사가 중단되어 흉물스런 모습이라 볼 때마다 안타깝다. 김상언이 놀러 다니던 어린 시절 때만 해도 다슬기를 줍고, 그물로 물고기를 건져 올릴 만큼 깨끗한 물이 흐르던 곳이었다.

김상언의 어린 시절 4.19 국립묘지는 지금의 3분의 1에 불과한 작은 규모의 묘역이었다.

아담하다고 할까? 김상언의 기억 속에 4.19 묘역은 능수버들이

아버지와 함께 북한산 정상에 오른 어린 김상언

있고, 자연호수가 있어 겨울이면 얼어붙은 호수위로 스케이트를 탔던 기억이 생생하다. 4.19 혁명 희생자들을 모신 거룩한 느낌이기보다 소박하고 친숙한 느낌이었다. 지금은 누가 감히 4.19 묘역에서 스케이트를 타고 놀 수 있다고 상상이나 하겠는가.

4.19 묘역은 1994년 김영삼 대통령 시절 이 곳을 성역화, 현대화하면서 부지를 더 확보하고 조형물도 확대 설치하면서 오늘의 모습을 갖추게 되었다. 국가 중요시설물로 자리 잡고 그 거룩한 희생을 보다 뚜렷하게 부각시킬 수 있게 된 것은 좋은 일이지만 김상언으로서는 어린 시절 추억의 흔적이 사라져 아쉬운 마음이 들었

다. 그래서 김상언은 4.19 묘역이 국가관리묘역으로서 잘 관리되고 추모의 분위기가 가득한 곳이면서도. 시민들에게 보다 친숙하게 다가갈 수 있는 개방적인 곳이 되기를 바란다.

타고난 운동체질

김상언은 지금도 키가 훤칠하게 큰 편이다. 어릴 때도 키가 큰 편이라 초등학교 때부터 운동부에서 눈독을 들였다고 한다. 신체적 조건이 우월해 뛰고 달리는 일에는 따라올 친구들이 없었다. 초등학교 때는 육상선수로 활약했다. 단순 달리기 종목 뿐 아니라 멀리뛰기 종목에서도 두드러진 실력을 드러냈는데, 서울지역 선수권대회에서 2등까지 했다. 그러다 보니 체육중학교에서까지 스카우트 제의가 들어올 정도였다.

주목받는 것은 좋지만 그 당시 스포츠 선수로는 먹고 살기 어렵다는 게 어린 김상언의 판단이었다. 대중적 인기가 있던 축구, 야구도 프로리그가 없었던 시절이고, 실업리그도 그 폭이 좁아 선수층이 두텁지 못했다. 하물며 비인기 종목인 육상 분야에서 전문 선수로 성장하겠다는 생각은 할 수조차 없는 일이었다.

체육중학교 진학을 거절하고 간 곳이 신일중학교였다. 그런데 신일중학교에는 당시 한창 인기를 끌던 야구부가 있었다. 체육시간에 우월한 달리기 실력을 보였다는 소문이 학교에 돌자마자 야구부 감독이 김상언을 찾아왔다. 감독의 손에 이끌려 잡아 본 배트나 야구 글러브는 생소했지만 어린 김상언에게 야구는 너무 재미있는 스포츠였다. 정신없이 빠져들었다. 하지만 길게 가진 못했다.

부모님의 반대가 시작되었다. 중학교 2학년 2학기에 접어들자 부모님은 큰 아들이 운동이 아닌 공부에 승부를 걸기를 바랐다. 이러다가 운동으로 대학진학을 해야 하는 외통수에 걸릴 것을 걱정한 부모님은 강력하게 운동부 생활을 정리하도록 했다.

결국 김상언은 운동을 그만두고 부모님의 판단을 따랐다.

"3루수를 맡아 나름 뛰어난 역량을 보이고 있는 상황이었는데 아쉬웠죠. 야구가 재미있고 뭔가 목표도 생기고 할 만하다 생각했는데 아버지가 장남은 공부를 해야 한다고 하시더라고요. 결국 아버지 말씀을 따르기는 했지만 볼멘소리를 안 할 수는 없었죠. 말리시려면 좀 일찍 말리시던가 뭐 좀 할 만하니까 그러시냐고 했죠. 운동에 대한 아쉬운 마음은 있었어요."

아쉬운 마음이 남았기 때문일까? 김상언이 지역 봉사활동을 본격적으로 시작한 것은 강북구볼링연합회 회장을 맡으면서부터였다. 지역 생활체육 활성화 분위기가 생기면서 지역에 없던 생활체육협회 결성 흐름이 생겼다. 김상언에게 볼링협회를 만들고 회장을 맡아줄 수 있겠느냐는 제안이 왔다. 고민 끝에 허락했다.

"지역에서 돈을 벌고 사업을 한지 오래되었고, 무언가 봉사를 해야 한다고 생각을 했죠. 때마침 볼링협회 제안이 와서 볼링도 칠 줄 모르지만 열심히 해보겠다고 이야기를 한 겁니다. 회장씩이나 되어서 볼링을 할 줄도 모른다는 소리 듣기 싫어서 볼링 운동도 시작했습니다. 다행히 운동에 소질이 있었던 덕인지 볼링을 시작한 지 6개월 정도 지나고 나니 250점 정도를 치는 수준까지는 올라가더라고요."

지역봉사활동은 '몸보시'

볼링연합회장을 시작으로 지역 봉사 활동을 시작하니 이곳저곳에서 여러 제안들이 들어왔다. 여러 단체의 회장을 맡아 달라는 것인데, 지역에서의 이런 활동이라는 게 명예직에 불과하고 특별히 이익이 생기는 것은 없이 돈을 써야 하는 자리가 많기 때문에 고민이 많았지만 김상언은 기왕 시작한 지역 봉사 제대로 해보자고 생각했다.

"돈도 돈이지만 돈으로 하는 '돈보시'보다는 몸으로 봉사하는 '몸보시'가 더 힘들고 어렵거든요. 아버님 때부터 50년 넘게 지역에서 돈도 벌고, 대를 이어 사업을 하는데 지역 사회에 뭐라도 돌려줬으면 좋겠다고 생각했죠. 제가 맡아 잘 관리하고 확대해서 자격이 있는 다음 사람에게 물려준다면 그보다 좋은 지역 봉사 활동이 없다고 봅니다."

그렇게 마음먹고 맡은 일이 새마을협회지회장, 민주평통자문위원회지부장, 강북구경찰발전협의회장 등 공적활동, 다산정치실천회라는 강북구청 주관의 주민아카데미 졸업생들의 친목모임 회장 활동이다. 각 단체의 법적 지위와 성격에 따라 적게는 100여명, 많게는 1천여 명에 이르는 사람들을 조직하고 관리하는 일이다. 그냥 명예직으로 앉아 이름만 걸어주는 식의 활동이라면 모르겠지만, 지역주민에 대한 봉사활동이라고 생각하니 이런 저런 신경을 쓰지 않을 수 없었다.

2002년 볼링연합회장으로 시작해서 9년의 임기를 마치고 새마을지회장으로 다시 6년을 더 활동했다. 그 뒤 2017년부터 민주평통자문위원회지부장을 맡아 2년째 활동을 하고 있으니 대략 17년이라는 세월동안 지역의 다양한 단체에서 공적 봉사활동을 하고 있는 셈이다.

누군가는 맡아서 해야 하는 역할을 모른 척 하지 않고 도맡아 묵묵히 일을 해내고 있는 모습을 보며 혹시 정치권 영입이나 출마 제안을 받은 적은 없는지 궁금해졌다.

"지역단체에서 제일 중요한 일이 정치적인 분위기에 얽히지 않는 것입니다. 정치적인 목적을 가지고 시작하면 사람들이 금방 눈치 채고 빠지기 시작하죠. 다들 정치적 목적 없이 참여하려고 하는데 그분들을 대표해야 하는 사람이 사심을 드러내면 안 되죠. 절대 금물입니다. 정치를 하려면 아예 이런 일을 맡지 않았겠죠."

정치 활동에 대한 생각을 전혀 안 해봤다는데 어떤 제안을 받은 적은 있는지, 할 생각은 없는지를 물어볼 이유는 없었다. 다만 나는 생각이 조금 다르다. 지역 봉사활동이 정치적인 목적을 완전히 배제해야만 한다고 생각하지는 않는다. 그 과정을 통해 리더십이 드러나고 능력이 대중적으로 확인된 사람이 지역 정치인으로 나서는 것이 보다 안정적인 지역 정치의 작동을 보장하는 일이라고 생각하기 때문이다. 그러나 봉사활동의 본말을 전도하고 조직의 안정성을 위협해가면서 무리하게 개인적 목표를 추구하는 일은 바람직하지 못하다. 김상언의 생각도 마찬가지일 것이다.

말 잘 듣는 착한 아들

김상언은 부친이 운영하던 삼일운수에 첫 출근을 한 날을 지금도 생생하게 기억한다. 그저 아버지 일터에 놀러 오던 시절과는 전혀 다른 기분이었다. 늘 알고 지내던 직원들이었고, 익숙한 회사였지만 그날은 출근하는 길도 달라 보였고, 회사의 공기도 다르게 느껴졌다. 인생의 모든 것이 그러하듯 처음 맞는 모든 일에 대한 느낌은 늘 강력한 법이다.

기계공학과 전공으로 대학을 졸업하고 경영대학원에 진학을 했는데, 현대 그룹 입사시험에 합격했다. 다만 그 시절에는 대기업 그룹에 입사가 결정된 이공계 계통의 합격자들은 공장이 있는 지방으로 내려가 근무를 해야만 해서 다니던 대학원은 어떻게 해야 하나 여러 고민에 빠졌다. 집안에서 결정을 내렸다. 아니 더 분명하게는 아버지의 결정이었다.

현대그룹에 입사하지 말고, 아예 결혼을 하고 아버지를 따라 회사에 나가라는 것이었다.

김상언 회장의 든든한 버팀목인 삼일운수 창업주 고 김봉문 회장 부부

난데없는 결정이었다. 결혼을 하라니!

아내는 집안 어른들끼리 친구관계인 지역 사업가의 딸이었다. 친구 분들끼리 의논하시고 각자의 아들딸에게 선을 보라고 권했다. 만난 지 두 달 여 만에 결혼을 했다. 이미 집안 간 혼인이라는 이유로 당사자들의 감정보다 집안 어른들의 약속이 더 무겁게 여겨지던 시절은 아니었다. 서로에게 끌리는 마음이 없었다면 그렇게 빨리 결혼을 할 수는 없었을 것이다. 두 사람은 만나면서부터 호감을 느꼈고 짧은 기간 불꽃이 붙었던 모양이다. 몇 차례 만남으로도 확신이 들지 않았다면 결혼은 생각하기 어려웠을 것이다.

하긴 아무리 오래 만난 사이라고 해도 결혼이라는 문제 앞에 확신을 갖고 결정을 하는 경우는 많지 않다. 로미오와 줄리엣처럼 한 번 만나고 모든 것을 걸어 버리는가 하면, 10년을 사귀고도 이 감정이 뭔지 모르는 커플도 있으니 세상에서 가장 어려운 일 중 하나가 이성교제의 미묘한 감정선의 정체가 무엇인지 확인하는 일일 터다.

김상언은 집안 어른들의 결정을 따랐고, 인연이 준 감정에 충실했다.

그렇게 결혼을 하고 회사로 출근하기로 했다. 그 날은 1986년 3월 5일이었다.

택시업계에 필요한 한 가지 '혁신'

일반적인 제조업과 달리 택시라고 하는 운송서비스사업은 어떻게 돌아가는지, 그 사업 분야에서의 어려움은 무엇인지 잘 알려져 있지 않다.

택시사업은 땅 짚고 헤엄치는 일인 줄 알았다고 조심스레 말을 꺼냈다. 자기 발로 찾아 온 운전기사들이 있는 차량을 몰고 나가 손님들을 실어 나르고 돈을 벌어서 사납금을 우선으로 채워주기 때문에 손해 볼 일 없고 안정적인 사업이라고 생각했기 때문이다.

"땅 짚고 헤엄치다니요. 택시업계도 나름대로 고충이 많죠. 일반 제조업 회사라면 자기가 아이디어 내고 노력해서 기술혁신, 경영혁신을 이루면 그로 인해 사업의 신장과 매출의 증대 등 이익이

극대화 되죠. 그러나 택시사업은 서울시가 요금을 정해주고 관리를 받는 사업이라 진취적인 노력보다는 내부 관리 측면이 더 강합니다. 안정적이기 보다는 정체된 느낌이 더 많고 그로 인한 문제가 많아요. 뭘 좀 다르게 하려고 해도 법에 막히고, 각종 규정에 막혀서 변화와 혁신을 시도할 수 없습니다."

김상언은 이렇게 답답함을 토로하면서도, 정체되어 있는 택시사업, 시민들의 불만의 대상인 택시의 이미지를 바꾸기 위한 혁신적 노력을 진행하고 있다고 했다.

인터뷰를 위해 찾아간 삼일운수 사업장은 주차장에 오렌지색 법인 택시들이 가득했다. 그 가운데 하얀색 바탕에 파란색 띠를 두른 택시가 눈에 띄었다. 김상언은 웨이고 택시라고 설명했다. 새로운 아이디어의 상징으로 보였다.

웨이고 택시는 김상언의 삼일운수 등 50여개의 회사택시들이 참여한 택시운송가맹사업자 '타고솔루션즈'와 카카오가 함께 제공하는 택시 서비스로 첫 플랫폼 서비스이다. 원래 택시업계 젊은 사장들이 모여서 택시 사업에 새로운 바람을 불어 넣을 준비를 했다가 카카오와 손잡고 진취적으로 추진하기 시작했다. 사업에서의 혁신적 접근이 엿보이는 접근이다.

서울에서는 2019년 3월부터 웨이고블루 시범서비스를 시작했다. 웨이고의 핵심은 승차거부 없는 택시라는 점이다. 고객이 택시를 호출했을 때, 웨이고 택시는 승차거부나 고객 골라 태우기를 할 수 없다. 고객이 앱을 통해서 택시를 호출하면 가까운 차량이 자동적으로 배차되는 형식이라 택시잡기는 훨씬 수월해진다. 고질적인 택시업계의 승차거부를 아예 차단한 서비스다.

물론 택시를 운전하는 기사들에게도 매력적인 부분이 있다. 바로 월급제 택시라는 점이다. 근로시간의 경우 주 40시간을 일한다. 거기에 하루 2시간씩 연장근로를 하는데, 주52시간 근무 기준으로 약 260만원 월급을 받는다. 가장 바쁜 출퇴근 시간, 밤 10시부터 새벽 2시의 심야시간대에 목적지와 관계없이 승차거부는 할 수 없다. 대신 웨이고블루 가격은 호출비가 포함된 기본이용료 3000원에 운행 거리만큼 요금이 추가된다. 손님들이 가장 불편해하는 출퇴근 및 심야시간대의 일방적인 승차거부, 배차거부 행위를 금지해 좋은 서비스를 제공하자는 생각이었다. 웨이고 레이디 서비스도 시작됐다. 여성 전용 택시로 여성 택시기사가 운전하며, 차 안에는 영유아용 카시트도 준비되어 있다. 여성, 특히 아이를 동반한 엄마들의 불편함을 덜어주기 위한 아이디어가 빛나는 기획이다.

그러고 보니 택시에 집중되어 있던 서비스 불만의 핵심은 여기에 있었다. 김상언 등의 웨이고 서비스 참여 회사 경영진들은 이런 택시 사업 분야에서의 혁신적 노력을 통해 불친절한 법인 택시라는 인식에서 벗어날 수 있을 것으로 기대하고 있다. 또 이런 접근이 성공하면 얼마든지 다른 형태의 변화도 가능할 것으로 본다. 반려동물을 기르는 시민들이 많아지고 있어서 반려 동물 전용 택시인 '펫카'도 구상 중이다.

정체하고 변화하지 않으면 그 어떤 것도 발전할 수 없다. 오늘에 만족하고 과거의 성공에 기대서 아무런 노력을 하지 않는다면 경쟁에서 살아남을 수 없다는 것을 김상언은 뼈저리게 느끼고 있었다. 택시사업이란 땅 짚고 헤엄치기라는 오해는 엄청난 속도로 변화하는 운송서비스 산업의 치열한 경쟁 때문에 오래가지 않아 사라질 것으로 보였다. 김상언은 그 변화의 위기 속에서 회사를 지키고 사업을 확장하기 위해 고군분투 중이다.

반듯한 김상언의 '키다리아저씨 프로젝트'

강북구 사람들 대부분은 강북구에 대해 물어보면 "변했으면 좋겠다"고 말한다. 그 변화라는 단어에는 '발전', '세련됨', '복지 확충' 등의 뜻이 담겨져 있다. 그러나 그 방향에 대해서는 열 사람이면 열 사람 모두 다 생각이 다르다.

행정을 하는 사람, 가정주부, 학생, 부동산중개업자 등 모든 사람이 자기의 처지와 입장, 경험을 바탕으로 강북구의 변화와 발전을 이야기 한다. 김상언도 마찬가지다. 그는 사업을 하는 사람으로서 강북구가 달라지기를 바란다.

"강북구청에서는 강북구를 '역사 문화 관광의 도시'라고 하지만 솔직히 역사 문화 관광에서는 내세울 만한 것이 없는 게 사실이죠. 그린벨트 자리에 짓다 만 파인트리도 하루 빨리 정리하고 어떻게 활용할지 계획을 세워야 합니다. 근현대사기념관이 하나 있기는 하지만 규모가 너무 작고 주변을 제대로 개발하지 못해서 사람들을 유인할 수 있는 동력이 안 되는 것 같아 안타까워요. 강북구가 그럴 듯한 랜드마크가 없는 동네이니 미아사거리역 빅토리아 호텔 쪽에 40층 넘는 건물을 짓는다는 계획이 잘 진행되었으면 좋겠어요."

생각의 방향과 규모가 다르다. 강북구 발전을 위한 정책적 역할을 맡은 공무원들과는 물론이고, 공간과 건물 중심이 아니라 사람과 만남의 의미를 중심으로 생각하는 시민단체 활동가들과도 또 다르다. 그의 머릿속에 있는 강북구의 그림도 지역 변화에 대한 청사진에 잘 담겨져야만 할 것이다.

김상언에게 은퇴하면 무엇을 할 생각인지 물었다.

뭘 벌써부터 은퇴 계획을 묻냐며 아직도 10년은 충분히 일할 수 있다면서 웃는다. 그래도 계획은 착실하게 마련해 놓았다.

"회사 운영을 통해 만들어진 이윤을 바탕으로 강북구 아이들을 위한 장학재단을 만들어 보고 싶은 욕심이 있어요. 회사야 어차피 제가 떠날 날이 오겠고, 내가 강북구에서 돈을 벌었으니 강북구를 위해서 뭔가 내놓는 것도 있어야 하니까요."

장학재단으로 강북구를 위해 봉사하겠다는 뜻이 김상언답다는 생각이 들었다.

이미 온갖 지역봉사단체의 대표자로 일하면서 곳곳에서 역할을 하고 있는 사람다운 계획이다. 지역에서 초중고를 다녔으니 후배들을 위한 계획이기도 하고, 터 잡고 살아 온 동네 이웃들을 위한 계획이기도 하다.

김상언다운, 반듯한 사람다운 은퇴계획이라는 생각이 들었다.

김상언을 인터뷰하면서 들었던 생각은 참 반듯하게 인생을 살아 온 사람이라는 것이었다. 부모님 말씀 잘 듣는 '착한 아들', 회사운영에 빈틈이 없는 '능력 있는 경영인', 지역봉사활동에 열성적인 '착한 이웃'에 이어 지역 꿈나무들을 키우는 '키다리 아저씨'가 되겠다는 것 아닌가?

그의 바람처럼 회사가 혁신을 거듭하여 더욱 성장하면 두 아들이 가업을 이어갈 것이다. 지역봉사활동도 그의 뒤를 이어 안정적으로 책임져 나갈 사람들이 생겨날 것이다. 그리고 강북구 변화와 발전에 대한 생각을 현실 속에 실현해 나갈 정치인과 공무원도 나타날 것이다.

하지만 장학 사업은 그가 직접 하지 않으면 안 된다. 자신의 재산을 내놓고, 강북구 아이들에게 새로운 기회를 만들어 주는 '키다리 아저씨 프로젝트'는 오롯이 김상언만이 갖고 있는 계획이고 그의 결심으로만 가능한 일이다. 이 일은 그래서 최고의 혁신이자, 최고의 봉사이며, 가장 착한 이웃의 실천이 될 것이다.

반듯한 이웃 김상언의 은퇴계획이 잘 준비되고 실천될 수 있기를 응원한다.

키가 커서 키다리 아저씨가 아니라, 아이들의 생각을 키워줄 키다리 아저씨 김상언의 계획이 강북구의 기회와 미래를 싣고 가는 맞춤형 서비스가 될 것이다.

HISTORY

국립 4.19 민주묘지

김상언이 어린 시절 뛰어놀던 4.19 묘지는 서울시 강북구 수유동에 위치한 4.19혁명 희생 영령 199위를 모신 국립묘지이다. 1960년 4월 19일 우리나라 헌정사상 최초로 자유민주주의를 수호하기 위해 4.19혁명이 일어났다. 권력의 총칼에 굴하지 않고 자유 민주 정의의 실현을 위해 몸을 바친 영령들이 4.19 민주묘지에 잠들어 있다.

1993년 김영삼 대통령 취임 후 민족사의 정통성 복원사업의 일환으로 비로소 의의와 정신이 재조명됐고, 정당한 역사적 평가를 받게 되면서 그동안 의거로 불리던 4.19를 혁명으로 격상시켰다. 그 동안 공원묘지로 서울시에서 관리해 오던 4.19 묘지도 성역화 사업을 거쳐, 4.19혁명 35주년인 1995년 4월 19일 국립묘지로 승격되었다.

묘지의 부지는 1963년 처음 조성 당시에는 약 3천 평이었으나 성역화 조성공사가 시작되면서 유영봉안소, 4.19탑, 상징물, 상징조형물을 추가하고 묘지 크기는 약 4만 평으로 확장되었다. 1995년에는 국가보훈처로 관리가 이전되었다.

최종문

네 바퀴로 가는 인생

‘축 개통’ 미아4동새마을버스

한겨울의 추위는 대단했다.

조금 일찍 고사상 앞에 옹기종기 모여든 사람들은 발을 동동거리며 나중에 온 사람들과 인사를 나누고 있었다. 크리스마스 다음날이라는 묘한 기분 때문에 사람들의 분위기는 차분했지만 동네에 없던 미니버스의 등장은 흥미로운 사건임이 분명했다.

최종문은 고사를 준비하랴, 사람들과 인사를 나누랴, 축사라도 한 마디 거들어 줄 사람들과 행사에서 소개를 해야 할 사람들의 이름을 파악하느라 정신이 없었다.

차량 전면엔 한껏 꾸며진 꽃 치장과 ‘축 개통’이라는 글씨가 오늘 행사의 대강을 짐작하게 해주었다. 마을버스, 그러니까 강북구 미아4동을 관통할 마을버스의 첫 개통식이 열리는 자리였다.

버스의 이름은 '미아4동새마을버스'였다. 형식적으로 관변단체인 새마을지도자회가 사업의 주체였기 때문에 붙여진 이름이었지만 실질적인 자금동원과 운영 책임은 이사를 맡은 최종문의 몫이었다.

최종문으로서는 인생의 모험이었다. 그동안 택시운전을 하면서 한푼 두푼 모아두었던 돈과 아내가 작은 이불집을 운영하면서 벌어 둔 돈을 남김없이 쏟아 부었기 때문이다. 삼양동과 월곡동을 돌아다니며 달동네 살림살이로 아끼고 아낀 재산이 다 들어간 사업이었다. 고사상에 절을 올리고 술을 따르는 손이 가볍게 떨렸다. 단지 날씨가 추워서 만은 아니었다.

아버지 사업 실패로 올라온 서울

최종문은 현재 강북구 미봉운수라는 마을버스 회사의 대표이다. 강북구에서 4번, 5번, 6번을 달고 달리는 마을버스 28대를 운영하고 있으니 작지 않은 규모의 회사이다. 그는 키가 작다. 그의 키가 얼마인지는 비밀이다. 알아서 뭐하려느냐는 게 그의 반문이다. 키 크는 데 보태준 거 없으면 알 거 없다는 거다.

그는 전북 진안 사람이다. 마이산이 우뚝 솟아 있는 진안군 군상리 학천동에서 태어났지만 그가 고향을 떠나온 것은 오래되었다. 아버지의 사업이 실패하고 나서 서울로 올라 온 것이다. 사업에 실패한 아버지가 나중에 하신 말씀이 기가 막혔다.

중학교 시절, 이때부터 운전에 소질이 있었나보다

"말은 제주도로, 사람은 서울로 보내라고 하지 않았냐? 내가 너희들 공부는 많이 못 시켰어도 일단 서울에 풀어 놓은 건 잘한 것 같구나!"

실패한 사업에 감사할 일인지, 아버지의 선택에 감사해야 할 일인지 모르겠지만 아버지 사업이 성공했더라면 아마 지금쯤 진안군에서 농사를 짓고 있을지 모르겠다.

그의 나이 열다섯에 아버지를 따라 온 식구들이 서울로 올라와서는 서대문형무소가 건너다보이는 지금의 현저동에 자리를 잡았다. 어느 낡은 집의 다락방에서 식구들이 들어가 살았다. 그 다음에 이사 온 곳이 지금의 강북구 삼양동이었다. 기억을 더듬어 보면 지금 삼양동 벽산아파트 뒤편 북한산 자락 어디쯤인데 정확한 위치는 도무지 찾지 못하겠다. 얼마 전 새로 정돈된 북한산 둘레길보다 위쪽이었을까? 그 때나 지금이나 몹시 높았던 곳 어딘가 이었던 것 같다. 삼양동에서 다시 이사를 가서 자리 잡은 곳이 월곡동 산동네였다. 그러고 보니 진안군 산골짜기에서 태어나 서울로 와서 산동네만 전전하고 살았으니 어지간히 산골 팔자인가 보다.

장모가 알아 본 팔불출 사위

강북구에서 딸 셋을 낳아 송중초등학교 다 졸업시키고 동네에서 씩씩하게 잘 키워 시집보냈다. 그리고 그 딸들이 낳은 손녀들이 엄마가 졸업한 송중초등학교를 졸업하고 엄마가 다니던 창문여중에 배정받았다. 그런 모습이 너무 흐뭇하다. 딸들이 다들 최종문 이사장 집 근처에 살고 있는 덕에 이런 정겨운 풍경이 가능하다.

"시집 간 딸들이 집 근처에 사니까 나는 즐겁고 재미난데, 집사람이 영 귀찮은 기색이에요. 애 봐달라고 하고, 자주 와서 밥 먹고 하니까 이제는 좀 지겨운 모양이더라고요. 주말이면 아이들 오기 전에 어떤 구실을 삼아서라도 밖으로 나가는데, 귀찮은 상황을 피해 나가는 게 분명해 보여요. 하하"

아내와는 처음 버스운전을 하기 전에 만나게 되었다.

당시 정식으로 버스 차량을 몰기 전 버스 조수를 하면서 차량도 익히고 길눈도 익히던 때였다. 버스 운전기사들이 식사를 하는 종점 근처 식당 주인이 최종문을 눈여겨봤던 모양이다. 앞으로 운전기사만 안한다고 하면 우리 딸을 주마고 이야기를 하더란다. 일단 만나봐야겠다는 생각이 들어 일을 적극적으로 추진했다. 미안하게도 그 식당 주인 딸과는 진도가 척척 잘 나가서 지금 동네에서 사모님 소리를 듣게 되었지만 장인장모에게는 거짓말쟁이가 될 수밖에 없었다. '운전기사를 안 한다면 딸을 주겠다'던 조건에도 불구하고 결국 버스운전기사가 되었고 이제는 아예 버스회사의 사장까지 되고 말았기 때문이다.

결혼은 했지만 결혼식은 치르지도 못했다. 돈이 없었기 때문이다. 일단 살림부터 놓고 살았다. 삼양동 꼭대기 6만 원짜리 전세 단칸방으로 신혼살림을 시작했다. 첫 딸이 77년생인데 돈도 경황도 없어 결혼식은 1985년이 되어서야 뒤늦게 올렸다. 여러 가지로 아내에게 미안할 뿐이다.

어려운 상황에도 아내는 살림살이를 야무지게 해냈고, 아이들을 제대로 키워냈다. 아내가 아니었다면 최종문이 지역 봉사활동과 회사운영을 제대로 해낼 수 없었을 것이다. 버스를 직접 몰던 시절 한 달이면 22일 혹은 23일을 밤낮으로 일했던 최종문도 대단한 사람이지만 든든하게 그를 뒷받침 해준 아내도 보통 근성이 아니었다. 어려운 살림에 보태기 위해 이불장사까지 하며 두 몫을 해냈다. 집안 걱정, 아이들 걱정하지 않고 바깥일에 몰두할 수 있도록 아내가 해준 덕에 회사일도 동네일도 이만큼 해 놓을 수 있었다는 최종문의 말은 틀리지 않아 보인다.

아내의 음식 솜씨가 좋다고 자랑하며 지금도 친구들과의 카톡방에 아내가 차려준 아침상 사진을 찍어 올리고 있다는 그의 이야기를 들으니 그 때 그 종점 식당의 주인이 사윗감 하나는 제대로 찍었구나 하는 생각이 들었다. 아내 자랑과 자식 자랑을 멈추지 않는 팔불출을 사위로 얻어야 모든 게 편안하다는 걸 아셨던 모양이다.

스무 살 청년 택시기사

최종문 이사장의 인생은 일관되다. 첫 직업에서부터 지금까지, 그는 자동차와 관련된 일에 종사하고 있다. 네 바퀴로 굴러가는 자동차를 직접 몰기도 하고 관련 회사를 운영하기도 하면서 삶을 꾸려 왔으니 네 바퀴 자동차 외길 인생이기도 하다.

그의 첫 직업은 택시기사였다. 74년 그의 나이 스무살이었다. 당시 대부분 택시기사들의 꿈은 개인택시였다. 그도 나중에 개인택시를 받으려고 조심스럽게 운전을 했다. 그러다 노선버스 운전기사로 옮겼다. 첫 버스는 잠실 장미아파트에서 무교동으로 오고 가는 좌석버스였다. 택시는 본인이 조심하면 되는 게 많은데 버스를 몰다 보면 필연적으로 위법을 하거나 벌점을 피할 수 없는 때가 많다. 버스

버스 운전을 정식으로 시작하기 전, 진로를 고민하던 청년 최종문

를 몰게 되면서 그의 개인택시 꿈은 사라져 버렸다.

"버스운전을 한 6년 했어요. 당시엔 통행금지도 있고 그랬는데, 이틀 일하고 삼일 째 되는 날 하루 쉬는 방식이어서 사람이 피곤해서 견딜 수가 없어요. 새벽 5시에 첫 차를 몰고 나가면 밤 12시까지 일을 하고 회사에서 잠시 자는 둥 마는 둥 하고 나서 또 똑같이 새벽부터 밤늦게까지 차를 몰죠. 그리고 하루를 쉬는데, 그때는 젊은 마음에 일 욕심이 왜 그리 앞섰던지 출근자가 출근 펑크라도 냈다고 하면 자진해서 일을 맡았어요. 이미 애들이 셋이나 들어서서 어떻게든 먹여 살려야 했으니 더 그랬겠지? 왜 그렇게 무식하게 일을

새마을버스를 타고 가족과 함께 떠난 여행 기념사진

했었는지 모르겠어요. 천만다행으로 한강다리 아래로 차가 떨어지지 않고 계속 달렸으니 얼마나 다행인지 모르죠. 지금 생각해 보면 정말 아찔해요."

그렇게 쉬지 않고 네 바퀴를 몰고 달리면서 접게 된 개인택시의 꿈 대신 마을버스를 운영하는 새로운 사업으로 노선을 갈아타게 된 것은 온 국민이 민주화의 열정을 녹여 내며 치렀던 1987년 대통령 선거가 끝난 지 얼마 지나지 않은 12월 26일이었다.

벼랑 끝에 올라갔던 벼랑바위

"고사를 성대하게 치르고 나서 버스를 운행하는데, 마음이 조마조마하더라고요. 마을버스라는 게 주민들 머릿속에 인식되고 자리를 잡으려면 시간이 걸릴 테고, 원래 아무렇지도 않게 걸어 다니던 거리를 굳이 돈 내고 버스를 타고 다니려면 그 편리성을 경험해 봐야 할 게 아니겠어요? 그래서 처음에는 마을버스 무료 승차를 일주일 정도 시행했죠. 그런데 홍보도 부족하고 사람들이 걸어 다니던 습관이 있어서 잘 안 되더라고요. 적자가 계속 쌓였죠."

택시 몰며 모은 돈과 졸음 참아가며 악착같이 버스 몰며 벌어 놓

"사업 초기 마을버스로 벼랑바위를 돌 때마다 뛰어 내리고 싶었죠"

은 돈에 아내가 운영하던 이불집 돈까지 몽땅 집어넣은 마을버스가 적자가 나자 눈앞이 캄캄했다. 방법이 보이지 않았다.

마을버스 정류장 중에 벼랑바위라는 절벽이 있다. 창문여고 뒷동네인 8번지 산비탈 오르막을 돌아 마을버스가 반환점을 도는 자리이다. 언젠가 그 절벽 위에 서서 온갖 생각을 했었다고 한다. 그래도 이를 악물고 버텼다. 그가 직접 운전도 하고, 세차는 물론이고 타이어가 펑크 나면 직접 교체도 하고 크고 작은 수리도 도맡았다.

그렇게 버티다 보니 버스 운행을 시작한 지 6개월이 지나서야 바닥을 모르고 내려가던 적자가 줄어들기 시작했다. 이제 겨우 숨을 좀 쉴 수 있게 되었다.

"이제 됐다 싶더라고요. 이 일을 어쩌나 걱정만 했는데, 적자를 면하는 것만으로도 고맙더라고요."

사람이라는 존재는 참 신기해서, 마을버스가 없을 때는 당연히 걸어 다니던 길의 불편함이 마을버스가 다니고 한두 번 타면서 편리함을 맛보게 되니 그 뒤에는 불편함을 마냥 견디려고 하지 않는 것이었다. 사람들이 그 편리함으로 불편함을 대신하려는 변화를 만들기까지 6개월이라는 시간이 걸렸던 것이다.

그렇게 어렵게 시작한 '미아4동새마을버스'는 이제 '미봉운수'라는 이름의 제법 큰 회사로 성장해 있다. 노선 3개, 버스차량 28대,

근무하는 운전기사 70명, 1년 수송인원 8,196,519명이나 되는 강북구 주민들에게 없어서는 안 될 네 바퀴 생활 서비스가 되고 있는 것이다.

마을버스 운전기사

최종문은 자신이 운영하는 마을버스 기사들에게 제일 미안하다. 자신도 운전기사로 일하면서 먹고 살았기 때문에 운전기사들의 고단함을 누구보다도 잘 알고 있는데다 무엇보다도 그들의 열악한 임금 조건 때문에 더 미안하다. 마을버스 운전기사들도 고속버스

"강북구민의 발인 마을버스가 쉬는 미봉운수 차고지입니다"

나 시내버스 운전기사들처럼 모두 대형버스면허를 갖고 있다. 그런데, 이들과 시내버스 운전기사들의 월급은 거의 150만원 가까이 차이가 난다. 그러다보니 마을버스 운전을 하다 기회만 생기면 시내버스나 고속버스 운전직으로 자리를 옮기는 경우가 많다. 노선에 투입하기 전 한달 가까이 좁은 마을 골목의 사정을 겨우 익히며 정성을 쏟았던 그로써는 속상하는 일이다. 그러나 잡지 못한다. 원망하지도 않는다. 그렇게 옮겨가는 처지를 자신도 잘 알기 때문이다.

"근본적으로 정책적으로 시내버스에 대한 지원과 마을버스에 대한 지원이 달라서 벌어지는 일이예요. 마을버스는 지원을 받으려면 한 대당 43만 원 이하로 벌어야 해요. 예를 들어 43만원을 이익을 보면 지원받지 못하고, 40만원을 벌면 3만원 지원해줘요. 앓느니 죽죠. 지원을 받을 정도면 망하기 직전이라고 해야 하죠. 최저임금 인상으로 임금은 더 올라갔는데, 보전은 43만원 기준으로 묶여 있으니 이중으로 고통 받는 거죠. 똑같은 대중교통이고, 똑같은 대형버스면허인데 왜 기준을 달리하는지 몰라요."

택시요금도 올리고 시내버스나 여타 교통요금을 올리는 걸 보니 곧 마을버스요금도 올려주겠거니 하고 기대를 하고 있기는 하지만 그게 언제쯤일까 속만 끓이고 있다고 한다. 그의 주장이 틀리는 것 같지는 않은데, 대중교통요금 올라갈 때마다 호주머니 사정이 더 나빠질 수밖에 없는 강북구 서민들 입장을 생각하면 맞장구 쳐주기도 민망했다. 사장님도 국회의원도 이래저래 봐야 할 눈치가 많은 건 마찬가지이다.

15년 교통봉사와 다람쥐 복원 시도

그럴싸한 자리가 아니어도 그는 일찍부터 소소한 지역 봉사를 계속 해왔다.

강북구가 제2의 고향, 아니 사실상 진짜배기 고향이라고 생각하기 때문이다. 고향인 진안군을 일찍 떠나온 탓도 있지만 고향 땅에는 친척이라고 누구 하나 자리를 잡고 사는 사람들이 없다. 자연스럽게 아이들을 키웠고, 손자들이 자라고 있는 강북구가 고향 땅이나 마찬가지가 되었다.

최 이사장은 아침 출근길 정체되는 도로에서 15년이나 교통정리 봉사를 했다. 출근길을 서두르는 차량들이 꼬리 물기를 하면서 교통이 엉망이 되는 것을 두고 보지 못해 스스로 나선 교통정리 봉사가 15년이나 지속될 줄은 몰랐다. 처음엔 새마을지도자 활동을 하면서 얻게 된 새마을 옷을 입고 교통정리를 했는데 비가 오나 눈이 오나 길에 서 있는 모습을 출근길에 여러 차례 눈여겨 본 경찰서 교통과장이 뜻밖으로 불러 제안을 했다.

"자연보호, 출근길 교통정리 등 강북구에서 봉사활동 많이 했어요"

"처음엔 운전면허증이 있느냐고 묻더라고요. 그래서 면허 딴지 오래됐다 했더니 그럼 새마을 복장보다는 모범운전자 자격으로 통제를 하는 것이 훨씬 더 효율적이고 사람들이 통제에 잘 따라 줄 것이라고 하더라고요. 졸지에 모범운전자가 된 거지. 그래서 우리 동네 사람들은 전부 내가 개인택시 기사인 줄 알았죠."

자동차와는 떼려야 뗄 수 없는 인연이라 봉사활동마저도 교통정리 봉사활동으로 눈부신 활약을 했나 보다 싶었는데, 조금은 의외의 지역 봉사 활동 경험을 이야기 한다.

자연보호협의회 활동을 했다는 것이다. 그런데 그 단체를 주도하고 역할을 맡았던 사람들의 면면을 들어 보니 지역에서 정치를 하던 사람들이다. 선거에 영향을 미칠 심산으로 자연보호나 청소년보호 등의 슬로건을 내건 단체를 앞장서 결성하는 경우들이 있는데 이 경우도 그런 듯 했다. 하지만 최종문 이사장에게 그런 건 별로 중요하지 않았다. 주도하는 사람이 좋고 취지가 좋다면 무슨 상관이 있겠나 싶은 것이다.

이 단체 활동을 하면서 기억에 남는 것이 바로 오패산 다람쥐 복원을 위한 노력이었다.

오패산은 강북구의 한복판에 들어선 낮은 산인데 〈북서울 꿈의 숲〉과도 연결되어 있어 강북구 주민들에게 좋은 휴식공간을 제공해준다. 그런데 이 산에 그 많던 다람쥐가 어느 날 다 사라졌다. 도봉로에서 번3동을 잇는 오현로라는 도로가 생겨 오패산을 두 동강 내며 가로 지르고 너서 벌어진 일이다.

"도로가 생기고 나서 산이 끊긴 셈이 되니 그 많던 다람쥐가 다 사라지더라고? 이상한 일이다 싶어 사람들하고 걱정하다가 우리가 직접 다람쥐 복원 사업을 해보자고 결정하고 다람쥐 방사 사업을 했죠. 매년마다 100마리 200마리를 숲에 놔 줬는데, 결국 복원에는 실패했어요. 먹이사슬에 문제가 있는지, 집 나온 들고양이들이 잡아먹는 건지, 풀어 준 놈들이 어디로 사라지는지 모르게 다 사라지고 없더라고요."

도로가 생긴 탓인지, 들고양이 탓인지 모르지만 한 번 무너진 생

내 삶의 원동력이고 삶의 이유인 가족 사진

태계와 사라진 동물을 인위적으로 다시 복원 한다는 것이 얼마나 어려운 일인지 깨닫는 과정이었다. 자연보호라는 게 말처럼 쉬운 일이 아니라는 것도 봉사활동을 통해 배웠다.

정치는 무슨? 인생을 읽는 네 박자와 네 바퀴

최종문은 새마을회원으로 지역봉사를 시작해서 송중동 주민자치위원회 위원장까지 맡아 적극적으로 활동을 했다. 고향을 따라 만나는 사람들이 부추겨 송중동 호남향우회 회장까지 맡았다. 동네에서 역할이 커지고 아는 사람들이 많아지면서부터 정치를 해 보지 않겠느냐며 지방선거에 출마해 보라고 권하는 사람들이 하나

둘 늘어갔다. 선거에 출마해 볼 생각은 하지 않았을까?

"전에 최규식 국회의원이 계실 때 출마를 권하는 목소리가 이쪽 저쪽에서 있었죠. 그런데 내가 딱 잘라 거절했어요. 정치는 말이 죠, 요상하게도 사람들의 패를 나누더라고. 상대를 저쪽으로 몰고 나는 이쪽으로 편을 나눠야 하는데 그걸 못하겠더라고. 운도 따라야 하는 거고, 사람이 모질어야 하는데 나는 둘 다 아녜요. 주변에서 자꾸 해보라고 하는 사람한테도 '막상 나가면 도와주지도 않을 거면서 쓸데없는 소리 하지 말라'고 냉정하게 이야기했어요. 정치는 잘 하실 분들이 하고 계시잖아요?"

정치를 잘 할 사람이 하고 있는 건지는 모르겠지만, 정치가 사람을 패거리 짓게 하고 모질게 마음먹어야 하며, 운이 따르지 않으면 안 되는 직업이라는 그의 생각은 정확한 판단인 게 분명하다. 적어도 그가 탁월한 직관력으로 자신과 사업과 강북구를 바라보고 있는 것이 확실해 보였다.

정치가 강북구에 봉사하는 직업이려면 그만한 준비와 자질을 갖춘 사람이 정치를 해야 한다. 그런 면에서 그동안도, 지금도 그만한 준비와 자질을 갖춘 사람들이 역할을 맡고 있는지는 냉정하게 살펴보는 것이 맞겠다. 그러니 어설프게 '정치로 봉사하겠다'고 나서는 사람들 보다 네 바퀴로 정직하게 굴러가는 서민의 마을버스를 제대로 운영하는 일을 더 소중하게 여기는 최종문이 지역에는 더 귀한 존재일 수 있다.

마을버스 운전기사들을 돈 주고 부리는 사람이 아니라 '고마운 사람들'로 이야기 하는 사장, 송중동의 크고 작은 일에 세세하게 신경 쓰고 작은 역할이라도 기꺼이 맡으려고 하는 주민, 동네 아이들을 위해 동네 뒷산에 다람쥐를 복원시키려고 애썼던 자연보호 활동가, 이제 좀 젊어 보이고 싶어 살짝 성형 수술도 과감하게 할 줄 아는 동네 멋쟁이 아저씨.

자동차가 네 바퀴가 다 있어야 안정감 있게 달릴 수 있듯이 네 가지 모습으로 존재감을 확실하게 드러내고 있는 최종문은 딸들과 손주들의 고향 강북구에 점점 더 큰 애정과 책임감을 갖고 있다. 어떤 역할이 주어지더라도 묵묵히 봉사하고 베풀면서 살아갈 생각이다.

가수 송대관은 그의 노래 '네박자'에서 '네박자 속에 사랑도 있고 이별도 있고 눈물도 있네'라고 노래했다. 최종문의 인생은 네 바퀴 인생이다. 20살 젊은 나이에 택시로 시작해서 마을버스 회사를 운영하기 까지 얼마나 많은 사람들 그의 운전대에 몸을 맡기고 흔들리는 차창에 삶의 네박자를 맞추며 오고 갔겠는가. 그의 인생도 네 바퀴 차량들과 함께 흔들리고 흔들리면서도 앞으로 간다.

모두의 인생이 그렇지 않은가. 인생이란 흔들리고 넘어져도 앞으로 가는 것이다.

HISTORY

서울시 마을버스와 노선

최종문의 미봉운수는 마을버스 회사다. 마을버스는 일반버스로는 수지타산이 맞지 않지만 주민들의 편의상 '있어야 하는' 노선들을 연결한다. 즉 시내버스 운행 노선에서 거리가 먼 지역, 오르내리기 힘든 고지대, 일반버스가 다니지 않는 지역 등 일반버스 노선의 틈새 구역을 운행하는 버스다.

서울 마을버스는 1990년대 초부터 처음 운행을 시작해, 현재는 하루 서울시민 120만을 수송하는 서울시 대중교통의 중요한 축이다. 서울에는 현재 총 241개의 마을버스 노선이 운행되고 있으며, 노선의 신설·폐지 등의 업무를 제외한 사업등록, 운송개시 등의 모든 사무는 자치구청장에 위임되어 있다. 전체 25개의 자치구 가운데 중구, 송파구를 제외한 23개의 자치구에서 마을버스가 운행되고 있고, 노선 번호는 자치구의 이름을 따 강북01, 은평02 같은 식으로 붙여진다.

강북구의 마을버스는 현재 총 7개 회사, 11개 노선 79대의 버스가 운행되고 있다. 강북 마을버스의 총 이용객 수는 2187만 명(2018년 기준) 가량이다.

박성수·박효진

가업 승계 부자의
대를 잇는 강북사랑

종로구 신진시장의 박성수 사장

사람들의 발걸음이 분주하고 좁은 골목이 붐비는 종로구 신진시장은 언제나 활기가 넘친다. 시장은 의류를 중심으로 각종 물건들을 내놓은 상점들이 빼곡하다. 한쪽 골목에 유명 등산복 패션 브랜드 상설 할인점들이 쭉 들어서 있어 마치 등산복 거리인 듯도 하다.

이 신진시장 골목 안 4층짜리 낡은 건물 안에는 바쁘게 양복을 재단하고 바느질을 놀리는 수십 명의 재단사들이 있다. 좁은 작업장 사이로 누가 드나들던 신경 쓸 겨를조차 없이 바쁘게 돌아간다. 밝은 형광등 불빛 아래에서 바쁜 손길을 놀리는 장인들의 구슬땀이 빛난다.

대략 70명의 장인들이 맞춤옷을 만들어 뽑아내는 이곳은 양복맞

신진시장 골목 왼쪽 2층에 위치한 박성수 부자의 작업장

춤제작업체인 〈엔학고레〉의 작업장이다. 양복 재단사로 45년 동안 종사하고 있는 박성수 사장이 업체를 이끌고 있다. 박성수 사장은 이곳 신진시장에서 회사를 운영한 지 어느덧 9년째다.

〈엔학고레〉는 일종의 주문형 양복맞춤 제작공장이다. 유명 맞춤옷 회사들이 각 매장에서 주문 받은 고객들의 옷감, 사이즈, 스타일 취향을 보내오면 주문서에 맞춰 양복을 제작한다. 그만큼 실력이 검증되어 있어야 하고, 매장을 운영하는 회사와도 신뢰가 깊어야 한다.

핵심은 이곳에서 일하는 재단사들의 실력이다. 그들의 실력이 고가의 맞춤옷을 주문하는 소비자와 매장의 까다로운 요구를 제대로 반영할 수 있어야 한다. 〈엔학고레〉의 실력은 업계에서 이미 검증되었고, 업계에서 인정받고 있다.

〈엔학고레〉에서 일하는 대부분의 장인들은 업계에 종사한 지 수십 년이 넘었다. 박성수는 장인들이 제대로 실력을 발휘할 수 있도록 배려하고, 원단을 조달하고, 완성복을 배달하고, 양복 회사와의 관계를 유지하는 등 회사를 원만하게 운영하기 위해 눈코 뜰 새 없이 바쁜 나날을 보내고 있다. 그리고 그 곁에는 묵묵히 아버지의 일을 돕는 둘째 아들 박효진이 있다.

가업승계

최근까지 신진시장 〈엔학고레〉 공장에서는 박성수 한명화 부부가 같이 일을 했다. 그러니 오롯이 두 부부와 둘째 아들이 회사를 이끌어 오고 있는 것이다.

부부가 같이 가게나 회사를 끌어 나가는 경우는 많지만 젊은 아들이 재단 공장에서 기술을 익히고 회사 운영에 참여하는 경우는 생소하다. 박성수-박효진 부자를 인터뷰하기로 한 것도 이 때문이다. 아버지의 삶도 궁금했지만 아들이 갖고 있는 생각도 궁금했다.

빵집, 식당을 비롯해 가업으로 이어가는 가게가 많아지는 것은 행복한 일이다. 그 가게만의 아름다운 맛을 계속 즐길 수 있기 때문이다. 맞춤양복이나 구두 등도 소비자들로서는 고마운 일이다.

간단하지 않은 기술이지만 그 가게만의 비법으로 무장한 장인의 솜씨를 누릴 수 있기 때문이다. 하지만 소비자가 행복할 뿐, 그 가업을 물려받는 입장에서는 고된 일이 한두 가지가 아닐 것이다. 게다가 요즘 젊은 사람들에게는 부모의 일을 이어 받는다는 것이 그다지 매력적이지 않을 수도 있기 때문이다.

부모 자식 간이라도 세대를 건너뛰는 세월 때문에 같은 공간에서 일을 하면서도 서로 다른 것을 생각하고 다른 곳을 바라보는 경우가 적지 않다.

그래서 박성수-박효진 부자가 갖고 있는 미래에 대한 생각을 들어 봤다.

매 맞으며 배운 양복 기술

박성수 사장은 부지런하고 겸손한 사람이다.

그의 부지런함과 겸손함은 다니는 교회와 지역사회에서도 인정받고 있다. 박성수는 삼양동에 있는 '주하늘교회'의 장로직을 맡고 있다. 장로라고 하는 것이 나이 제한이 있는 것은 아니지만 그래도 사회생활에서 은퇴한 사람이 맡는 것이 대략의 상식이다. 그런데 박성수는 상대적으로 젊은 나이임에도 불구하고 교회를 다니는 교인들의 인정을 받아 장로가 됐다. 또한 그는 민주평통자문회의 강북구 지부의 지회장을 맡고 있고, 각종 지역 봉사활동에도 적극적이다. 회사를 운영하는 바쁜 와중에도 활동을 이어가고 각종 직책을 맡는 데는 그만큼 그의 부지런함과 겸손함이 사람들에게 점수도 따고 마음도 얻었다는 증거일 것이다.

박성수는 전라북도 부안 사람이다. 줄포면이 고향이다. 줄포는 서해안 곰소만의 가장 안쪽에 움푹하게 들어서 있는 동네이다. 지금은 서해안고속도로의 줄포IC로 연결되어 교통이 편리하지만 그의 고향은 예전에 찾아가기조차 쉽지 않은 작은 시골마을이었다.

송기숙의 장편 대하소설 〈녹두장군〉에는 전봉준이 봉기에 호응해 결집한 농민군들을 제대로 먹이기 위해 고민하다 줄포로 사람들을 보내 미역을 거둬오게 하는 장면이 나온다. 줄포는 예전에도 어촌마을답게 물산이 풍부하고 인근 지역에 해산물을 공급하는 요충지였던 모양이다.

대한민국이 산업화의 몸살을 겪던 시절, 박성수에게는 작은 동네 줄포가 답답하게 느껴졌다. 게다가 아버지의 사업 실패로 시골에서는 더 이상 공부를 할 수 없었다. 그는 일찌감치 서울로 올라와 일도 배우고 공부도 하려고 마음먹었다. 14살 어린 나이에 서울로 올라와 식당에서 일하면서 야학을 다니며 배움의 기회를 얻으려 했지만 일이 뜻대로 되지 않았다. 그렇게 시간이 흘렀고 처음 양복 일을 배우기 시작한 곳은 지금의 공덕동 근처 〈노벨양복점〉이라는 곳이다. 구두공장에 다니고 있던 친구의 소개였다. 그때 그의 나이 18살, 그렇게 지금까지 그가 40년 넘게 종사하고 있는 양복 재단사 일과 첫 인연을 맺었다.

서울에 올라와 양복 기술을 배우던 시절의 청년 박성수

과거의 이야기이고 꼭 다 그렇지는 않겠지만 '기술'로 먹고 사는 업종에서, 기술을 가르치고 배우는 과정은 부당한 폭력이 수반되는 경우가 있다. 사회적으로 존경받는 의사의 경우에도 위아래 선후배 사이에 군기가 센 것으로 알려져 있는데, 재단 기술이나 목공 기술처럼 손 기술로 먹고 사는 업종은 특히 기술 전수 과정에서 가르치는 이가 배우는 이에게 숱한 폭력을 행사했던 모양이다. 박성수도 재단 기술을 배우며 참 많이도 맞았다고 했다.

"엄청 맞았어요. 나한테 봉제 기술을 가르쳐 준 사람이 해병대를 나온 사람이었는데, 게다가 그 양반이 제대한 지도 얼마 되지 않아서였는지 몰라도 많이 맞았죠. 기술도 빨리 안 가르쳐줘요. 많이 써먹을 만큼 써먹고 나서 하나 가르쳐주고 그 다음 또 부려 먹고 나서 하나 더 가르쳐 주고 그랬죠."

그렇게 그 가게에서만 6년을 일하면서 기술을 배웠다.
그렇게 양복 만드는 기술을 온 몸으로 배웠다.

인생고난

인생은 롤러코스터 같다. 천천히 잘 가는 것 같다가도 곤두박질치고 다시 솟구치기를 반복한다. 놀이동산의 롤러코스터는 정해진 코스가 있고, 끝나는 지점이 있지만 인생이라는 롤러코스터는 죽기 전까지 얼마나 많은 굴곡이 있을지 그 누구도 알 수 없다.

박성수는 1980년, 자신이 매 맞아가며 일을 배웠던 양복점을 인수했다. 가게 사장이 더 이상 양복점을 하지 않겠다고 했기 때문이다. 꿈만 같았다. 그러나 꿈은 오래 가지 못했다. 3년 뒤인 1983년 양복점을 정리했다. 박성수는 그 어렵게 배운 양복 기술을 버릴 수밖에 없었다. 그의 인생에 있어 첫 번째 곤두박질이었다.

맞춤양복이 아니라 기성양복, 공장에서 대량으로 싸게 제작해서 나오는 양복이 시장을 급속도로 장악해 나갔다. 도무지 경쟁이 되지 않았다. 맞춤 양복 시장은 빠른 속도로 사양길에 접어들었다.

그가 양복점을 정리한 1983년 그는 아내 한명화를 맞이했다. 미안하게도 결혼식은 치르지 못했다. 어렵게 가정을 꾸리고 아이까지 임신한 마당에 유일하게 갖고 있는 양복 기술로는 더 이상 먹고 살기 어려워졌다는 것을 인정해야만 했다. 온몸으로 맞아가며 배운 기술을 접기로 결심했을 때, 그제야 온 몸이 욱신거리는 듯 아팠다.

해외로 기술 이민을 나가려고 했다. 캐나다나 호주에서는 맞춤 양복 기술이 대접받았고, 돈도 많이 벌 수 있었다. 사양길에 접어든 산업이 품고 있던 재단 기술자들은 서로 해외기술 이민을 나가려고 시도했다. 이마저도 경쟁이 치열해졌다. 돈을 좀 주면 관련 서류 심사 절차가 빨라지는 것도 알고 있었다. 그러나 아내가 반대했다. 해외로 나가는 것 자체가 불안했던 모양이다.

궁여지책으로 탄광촌의 광부로 취업 시도도 했다. 그러나 이것도 아내의 반대에 부딪혔다. 혼자 반대하다 안 되니 시어머니까지 동원했다. 잊을 만하면 뉴스에 탄광 사고 소식이 뉴스를 장식하던 시절에 돈을 벌겠다고 탄광촌에 가겠다는 아들을 그냥 놔 둘 어머니는 어디에도 없었다.

그러다 첫째 아들이 태어났다. 어떻게든 살아야 했다. 공사판에 막일을 나가기 시작했다. 묵묵히 온 몸으로 일하고, 그 돈으로 가족을 책임지는 동안 2년이라는 시간이 흘렀다. 아내의 반대 때문에 이것도 저것도 못했지만, 그 반대 덕분에 시간이 지나고 맞춤양

복 분야에 숨통이 트이자마자 다시 복귀할 수 있었는지도 모른다.

박성수는 2년 뒤 공사판 막일을 접고 광화문 〈티파니〉라는 양복점에 기술자로 들어갔다. 나만의 기술을 다시 써먹을 수 있다는 사실도 기뻤고, 그 기술로 가족을 책임질 수 있다는 사실이 행복했다. 그렇게 기술을 인정받고, 대접이 좋아지면서 행복이 오래갈 것 같았지만, 그에게는 인생 두 번째 롤러코스터 곤두박질이 기다리고 있었다.

봉사 활동 중 당한 큰 사고

사고는 2005년 7월 1일 벌어졌다.

그날도 박성수는 삼양동에서 묵묵히 봉사활동에 매진하고 있었다. 자율방범대 활동이었다. 동네 치안 취약지역을 살피고 어려운 이웃의 안전을 도왔다. 그들 덕분에 좀도둑이 사라지고, 동네 젊은 불량배들이 눈치를 보는 일이 많아졌다. 국가로부터 공식적인 임무를 부여받은 것은 아니지만 손발이 부족한 경찰력을 도와 크고 작은 역할을 하는 사람들이다.

사고가 있던 날 신고가 들어왔다. 미니 승합차량인 다마스 순찰차량을 타고 가 보니 중학생 아이들이 동네 후미진 곳에서 술을 마시고 소란을 피우고 있었다. 내리막길 위에 차를 세우고 걸어 내려가 아이들을 지도했고 그 중 몸을 가누지 못하는 학생 하나를 차에 먼저 태웠다. 그런 뒤 다시 학생들이 있는 자리로 돌아왔는데 길 위에 세워 둔 차가 움직이기 시작했다. 내리막길이라 차에는 점점 속도가 붙었다. 차량이 그대로 돌진하면 길 아래 모여 있던 아이들이 위험해진다는 생각이 들자 그가 몸을 던졌다. 어리석은 판단이었다. 성인 남성 한 명이 내리막길에서 속도가 붙은 차량을 멈추는 것은 불가능할 텐데도 막아섰던 것이다. 차량이 그를 그대로 짓밟고 지나갔다. 뒤로 넘어지고 차량에 깔리면서 의식을 잃었다. 그의 희생 덕분에 아이들은 무사했지만 뇌수술을 해야만 했다. 사흘 뒤에야 의식이 돌아왔지만 온 몸의 뼈가 부러져 움직일 수가 없었고, 뇌수술 후유증도 심각했다.

사고 직후 사람들이 구급차를 불러 그를 수유사거리에 있는 대한병원으로 옮겼다. 의식불명 상태였고 빨리 손을 쓰지 않으면 목숨을 건지기 어려운 상황이었다. 그러나 대한병원은 작은 병원이었고 불안한 사람들은 대학병원으로 옮기자고 했다. 하지만 아내가 단호하게 판단했다. 다른 곳으로 옮기다가 시간만 빼앗기고 남편도 잃을 수 있다고 생각한 것이다. 아내는 의사선생님에게 수술을 해달라고 부탁하고는 자신은 하나님께 기도하며 매달렸다. 독실한 기독교 신자인 아내는 하나님께서 남편의 목숨을 책임지시라고 따지듯 기도했지만 또한 간절하게 기도했다. 아내의 기도 덕분인지 다행히 수술은 잘 끝났다. 그러나 그 뒤 일 년이 넘도록 후유증에 시달리고 힘들었다. 봉사를 하다 생긴 일이라 누구를 원망할 수는 없었지만 하나님도 원망하고 세상도 원망했다. 그러나 힘든 때일수록 종교와 가족에 의지할 수밖에 없었다. 아이들과 함께 아내를 따라 더 절실하게 교회를 다니고 하나님께 기도를 하게 되었다. 다시 돌이켜 생각해봐도 끔찍했고 힘들었던 사고였다.

이웃사촌 삼양동

박성수 사장이 강북구로 이사 온 것은 1985년이다. 지금의 삼양초등학교 후문 골목길 가장 높은 곳에 집이 있었다. 와서 보니 유명

한 사람이 그 동네에 살고 있었는데 바로 이민우 신민당 총재였다.

"이민우 그 양반이 우리 집 근처에 있었는데, 지금 벽산아파트 부근의 땅이 전부 그 양반 땅이라고 하더라고요. 엄청 부자인거죠. 근데 그 땅에서 그 분이 닭을 치고 있었어요. 양계장인데, 이 양반이 그 당시 신민당 총재를 해서 난 유명한 정치인들 많이 봤어요. 새까만 고급 차들이 산꼭대기에 있는 이민우 총재 집을 찾아 수도 없이 올라갔으니까."

1985년 12대 총선에서 신민당 돌풍을 일으켜 관제야당이라는 조롱을 듣고 있던 민한당을 소수정당으로 밀어내고 전두환 정권을 견제할 제1야당으로 우뚝 선 신민당은 김영삼, 김대중 두 대주주가 이른바 〈정치풍토 쇄신을 위한 특별조치법〉에 의해 정치활동이 묶이면서 이민우 의원을 당 총재로 세워 전두환의 민정당에 맞서고 있었다. 전두환이 약속한 대통령 임기가 끝나가면서 국민들의 직선제 개헌 열망과 민주화 요구가 분출할 때 이민우 총재가 이른바 '이민우 구상'이라는 내각제 수용 의사를 밝히며 정국은 소용돌이쳤다.

동네에 유명 정치 거물이 있기는 했지만 평범한 주민들은 각자 살아가기 바빴다. 갓 태어난 큰 아들을 데리고 삼양동에 터를 잡은 박성수도 마찬가지였다. 그의 가족들이 자리 잡은 곳은 그나마 집들이 반듯하고 수돗물도 잘 나왔다. 박성수는 삼양동이 서민들이 살기에 참 좋은 동네였다고 말했다. 그가 동네에 이사 오자마자 동네 이웃들이 웃으며 반겨주고 먹을 것도 나눠 먹으며 가족처럼 지냈다. 삼양동으로 이사와 다시 양복 만드는 일을 시작하면서 조금씩 생활이 안정되고 이웃들과 정을 나누며 살다보니 어느새 35년 가까운 세월을 강북구에서 살고 있다. 아파트는 그저 가족의 거주 공간일 뿐이지만 그가 처음 자리 잡은 삼양동은 사람들이 함께 살아나가는 곳이었고, 이웃의 일을 내 일처럼 생각하게 만드는 동네였다. 그가 자율방범대 활동도 하고 구세군에서 진행한 목욕봉사에 참여했던 것도, 지금까지 주민자치위원회와 민주평통자문위원회에 참여하고 있는 것도 뭐 특별한 '봉사정신'의 발로가 아니라 자연스러운 일이었다.

'엔학고레' 패션

〈엔학고레〉라는 상호는 박성수의 아내이자 박효진의 어머니인 한명화 씨 제안으로 채택되었다. 구약성경의 구절에서 나온 명칭이다. 삼손이 블레셋 사람들 천 여 명을 죽인 뒤 지쳐 목이 말라 하나님께 간절하게 부르짖으며 간구하니 샘을 솟게 하셨다고 한다. 그 샘을 '엔학고레'라고 불렀다고 하고 훗날 '부르짖는 자의 샘'을 의미하는 말이 되었다. 삼손이 무려 천여 명이나 맨손으로 죽였다는 것은 좀 끔찍한 일이지만 삼손 입장에서는 목말라 죽기 직

종로구 신진시장에 위치한 <엔학고레> 작업장 풍경

전 기적 같은 샘을 열어 주셨으니 얼마나 간절하고 사무치는 일이었겠는가.

한명화 씨는 집까지 담보 잡혀 대출 받은 남편의 도전이 성공하기를 간절하게 기도했다. 그리고 그런 간절함을 담은 이름을 기도하는 중에 응답 받았다면서 제안했던 것이다. 간절함이 가능성을 크게 하고 많은 것을 변화시키는 에너지임을 우리는 알고 있다.

2010년 19명의 장인들과 함께 시작한 회사는 이제 73명의 재단사가 함께 일하는 곳으로 성장했다. 관련 업계에서는 가장 성장이 빨랐고 탄탄한 회사로 통한다. 박성수 사장이 젊은 기술자들을 직접 키우고 양산해 회사 안에도 11명의 젊은 기술자들이 일을 배우며 자리를 잡고 있다. 이 젊은 기술자들이 일을 배우면서 회사에서 받아가는 금액은 400만 원가량이 된다. 기술을 완전히 익혀 장인 대접을 받으면 60대 부부가 월 천만 원 넘게 벌어가는 경우도 있다. 대기업 좋은 데 취업해 봐야 나이 50대 초반에 회사에서 나와야 하는 세상에 기술을 갖고 있으면 무서울 게 없다는 것이 박성수의 생각이다. 그래서 박성수 사장은 기술을 배우지 않으려는 요즘 젊은이들이 안타깝다. 그가 어떻게든 연결되어 찾아 온 사람들을 붙잡고 엉덩이 들썩거리는 젊은 사람들을 달래가면서 일을 가르치고 기술을 전수하는 이유다.

자신은 매 맞아가며 배운 기술을 돈 주고 달래가며 가르치는 게 어떤 심정일지 모르겠지만, 그의 그런 노력 덕분에 다른 회사와는 달리 〈엔학고레〉에는 젊은 기술자들이 많다. 박성수는 강북구 젊은이들도 그를 찾아오면 좋겠다고 한다.

"젊은 사람들이 패션이라고 하면 디자이너만 생각하고, 옷을 만드는 기술에 대해서는 관심이 적더라고요. 일을 가르치려고 해도 재단만 하려고 하지 미싱을 다루는 바느질 분야는 안하려고 하고. 그러나 저는 미싱부터 가르치죠. 기본을 제대로 해야 하거든요. 학력도 필요 없고, 양복 관련 학원 다녀도 아무 소용없어요. 현장에서 다 다시 배워야 합니다. 저는 일 배우는 단계부터 월급을 줍니다. 다른 곳은 아마 이렇게 하는 곳 드물 겁니다."

아들 박효진

자신이 배운 방식과는 다르게 젊은 세대에게 친절하게 대하고 있는 박성수 사장이지만, <엔학고레>의 '작은 사장' 박효진은 아버지를 늘 어렵고 무서운 존재로 느꼈었다.

고등학교를 졸업할 때까지 아버지와 제대로 이야기를 나눠 본 적이 없었다. 왜 그랬는지 모르지만 자상하게 느껴보지 못했다. 말없이 자신을 지켜보고 믿어주는 것이 무섭기까지 했다. 그렇다고 아버지가 엄하게 대했거나 매를 드는 스타일도 아니었다. 그저 대화를 제대로 나누기에 아버지는 늘 너무 바빴다. 어릴 땐 아버지가 주변 사람을 먼저 챙기고 가족이 뒷전은 아닌지 불만을 가진 적도 있었다. 박효진에게 아버지 박성수는 늘 집안 식구보다 주변을 먼저 챙기는 사람이었다.

"아버지에게 가족이란 것은 너무 범위가 넓은 존재인 것 같았어요. 집안 식구 뿐 아니라 친척과 친구, 그리고 친구의 식구들까지…. 아버지의 가족은 거기까지 나가 있고 늘 그 모두에게 책임감 있고 자상하게 대하셨어요. 집안 식구들이 굶고 있다시피 하고 있던 시절에 삼촌 수학여행 비용 마련한다고 어머니 금반지를 팔았을 정도이니까요. 어떤 때는 집에 돈 한 푼 없는데 가불을 받아서 경조사비를 챙겨 보내기도 하셨어요. 이해가 잘 안되었죠."

저렇게 모두에게 친절한 양반이 왜 정작 두 아들에게는 무뚝뚝할까 크면서 서운한 생각이 든 적도 한두 번이 아니었다.

같은 듯 다른 부자(父子)의 가업승계 조건

박효진에게 지나가듯 물어봤다. 만약 자신이 아버지로부터 회사를 물려받게 된다면, 사회적으로 지탄 받고 있는 재벌총수 아들이 대기업 그룹의 경영권을 물려받는 것과 어떻게 다를지.

"다르지 않다고 생각해요. 기본적으로 가족들이 경영하고 그 경영권을 물려주는 모습은 같은 거죠. 그런데 매일 저는 생각해요. 저희 회사 직원 분들이 70명 정도 되시거든요. 그 분들과 그 가족들까지 합치면 2~300명이 넘는 사람들이 이 회사와 운명을 같이 하고 있거든요. 이 작지 않은 규모의 회사와 사람들의 운명을 책임진다는 것이 무겁고, 무섭더라고요. 책임감이 느껴집니다. 그냥은 물려받지 않겠다는 것이 제 생각입니다. 물려받을 만큼 준비가 되어 있느냐가 중요하다고 봅니다. 그리고 제 스스로 그런 실력을 갖췄다고 확신이 없으면 물려받아서는 안 된다고 생각하구요. 노력도 하지 않고 덜컥 물려받아서 책임질 수 없다면 아예 안 맡는 게 맞습니다. 제 스스로가 생각하는 어느 정도 수준의 실력, 준비, 책임에 대한 목표가 있는데, 그것에 도달하지 못하면 안 하는 게 맞

"73명의 양복 재단사들과 즐겁게 옷을 만듭니다"

죠. 더 나은 사람이 있으면 그 사람이 해야 한다고 생각합니다. 지난 주 아버지에게 그런 말씀을 드렸어요."

서른두 살 젊은이의 생각은 참 현명했고 분명했다.

어느 재벌총수 후계자가 논란 대상인 재벌총수 일가의 경영권 승계 문제에 대해 이만큼 정확한 대답을 할 수 있을까? 박효진은 그 문제의 핵심인 '책임', '준비', '실력'에 대해 정확하게 알고 있었다. 우리나라 재벌총수 일가들은 '실력'이 검증되지도, 그것을 위한 '준비'도 하지 않은 채 DNA 구조가 같다는 이유만으로 경영권을 물려받고, 문제가 생기면 '책임'도 지지도 않는다. 이게 문제 아닌가? 그럼 아들의 이러한 생각에 아버지 박성수 사장의 반응은 뭐라고 했을까?

"아무 말씀 안 하시더라고요."

당황했을 수도 있겠다. 그냥 당연히 물려주고 물려받는 것으로 생각하고 있었을지 모르겠다. 그러나 속으로 대견했을 것이다. 어느 아버지라도 아들의 영글어 버린 속 깊은 진심을 알게 되면 한없이 뿌듯할 테니 말이다. 박성수는 가업승계에 대해 이렇게 생각하고 있었다.

"내가 공짜로는 절대 못 물려준다고 이야기 했어요. 가업은 기술로 물려주는 것이지 현금으로 물려주는 일이 아니거든요. 그러니 자기가 어떻게 준비가 되었느냐가 중요하죠. 그래서 자기가 저축을 해서 어느 정도 준비를 하고 나한테 이야기를 하면 그걸 보고 판단할 생각이에요. 아버지 사업이라고 해서 자식이 그냥 이어받는 것은 문제예요. 젊은 때부터 우리 아버지 것은 다 내 거라고 생각하면 정신적으로 틀려먹은 거죠. 돈 많이 모아 인수자금을 마련해서 나한테 이야기 할 때까지는 안 됩니다."

한마디로 공짜는 없다는 입장이다. 아들은 책임과 준비와 실력을 이야기 했는데, 아버지는 그 조건을 기술과 인수자금으로 명확하게 규정하고 있다. 앞으로 이 두 사람의 가업승계 과정이 어떻게 될지 궁금해진다.

박성수는 아들이 준비되고, 자신이 그 준비가 착실하다고 판단되면 5년쯤 뒤 회사를 넘겨주겠다고 생각하는 듯 했다. 시기를 명확하게 이야기 하지는 않았지만 자신이 '5년 뒤 쯤에는 아내와 여행도 다니고 싶고, 교회 생활도 열심히 하고 싶다'고 이야기 하는 것을 보면 2025년 정도에는 일선에서 물러 날 계획이 있는 듯 했다.

아들은 혁신을 꿈꾼다

박효진이 처음 〈엔학고레〉에서 일하게 된 계기는 갑작스럽게 찾아왔다.

박효진은 손으로 하는 일을 좋아했다. 고등학교 시절부터 자신은 손으로 하는 일을 직업으로 생각했다. 그게 어떤 것인지 알 길은 없었지만 하고 싶은 일에 도전하다 보면 '그것'을 찾을 수 있을 것으로 생각했다.

원래는 한의사가 되고 싶었다. 그러나 여러 차례 시도 끝에 그 길은 접었다. 다음에 관심을 가진 분야는 요리였다. 요리사가 되기 위해 현장에서 직접 배우고 뛰는 일을 시도해 봤다. 하지만 몇 년을 투자해 본 끝에 요리사는 자신의 길이 아니라는 결론에 도달했다. 그의 말에 따르면 '한의사는 진입장벽이 높아서, 요리사는 적성이 아니어서' 결국 접었다.

그 즈음이었다. 아버지 회사가 일이 점점 많아지고 눈코 뜰 새 없이 바쁘게 돌아간다고 하니 아무 생각 없이 공장에 나와 아버지 일을 도왔다. 사무실에서 업무처리를 맡아서 돕기 시작했다. 사무실의 잡무가 어느 정도 손에 익혀지게 된 뒤 재단사들 어깨 너머로 일을 배우기 시작했다. 옷감을 만지고 옷 만드는 일이 재미있었다. 기술이 손에 익어 자기 손으로 옷을 만들 수 있게 되자 옷을 지어 아버지를 드렸다. 첫 작품이었다.

그렇게 8년이 지났다.

지금 박효진의 업무는 매장이 주문한 고객의 사이즈와 취향이 제작 과정에서 제대로 반영될 수 있도록 매장과 재단사들 사이를 연결하는 것이다. 사람의 손으로 적고 모양과 느낌을 숫자화 하여 전달하는 과정이기 때문에 불분명하게 전달되는 오더에 대해 명확한 내용을 파악하는 일이다. 그러면서 옷의 제작과정을 관리하여 고객 요구에 늦지 않도록 작업순서와 흐름을 조율한다. 매장의 특성과 재단 업무 전반을 알아야 가능한 일이다.

박효진은 〈엔학고레〉와 관련해서 '혁신'을 꿈꾸고 있다.

처음 회사에 나와 일을 도울 때만해도 회계 처리 및 작업 관리 전반이 완전 수작업이었다. 박효진은 이 과정을 전산화했다. 업무처리 속도가 빨라졌고, 정확해졌다. 회사 운영에 도움이 되는 것은 물론이고 본인에게도 자신감을 주는 계기가 되었다.

여전히 맞춤양복 제작 과정은 사람이 직접 진행한다. 맞춤양복 회사들이 유명 백화점과 시내 곳곳의 매장에서 찾아오는 손님의 체형을 재고, 수치로 적어 보내오면 이 주문에 맞게 제작을 해서 매장으로 보내는 것이다.

박효진이 꿈꾸는 혁신은 매장에서의 혁신이다. 고객의 체형을 3D 스캔으로 정확하게 알아낼 수 있다면 손으로 사이즈를 재고 느낌으로 찾아내는 작업이 훨씬 분명해질 수 있다고 생각한다. 그래서 이런 구상과 관련된 기술이 어느 정도 발전하고 있는지 공부를 하고, 어떻게 접목 시킬 수 있는지도 구상 중이다. 이미 국내외에서 비슷한 구상을 시도한 사례도 있는데 실패한 원인도 찾아서 공부했다. 젊은 사람답게 그저 일을 배운 대로만 풀어가는 것이 아니라 더 나은 방법, 더 혁신적인 방식을 찾으려는 모습이 보기 좋다. 대한민국의 혁신과 변화는 이렇게 젊은 세대에게서 나오는 것이다. 언제나 그랬듯이 말이다.

이전과 다른 세대, 변화가 필요한 강북구

아버지 박성수에게 강북구가 '이웃사촌'을 떠올리는 따뜻한 존재였다면 아들 박효진에게 강북구는 몸 불편하고 모자란 형제 같은 존재다. 남들에게 드러내기는 어딘지 모르게 부끄럽지만 다른

나란히 앉아 인터뷰하는 박성수·박효진 부자

사람이 흉보면 주먹다짐을 해서라도 지켜주고 싶은 존재 말이다.

삼양동에서 태어나 삼양초등학교와 인근 수유중학교, 고대부고를 나온 그로서는 강북구는 고향이자 삶의 터전이다. 그럼에도 불구하고 강북구 하면 떠오르는 단어가 다 부정적인 것임을 숨길 수 없다. 친구들도 어디 가서 강북구를 앞세우지 않는다. 강북구가 어디에 있는 동네인지 모르는 사람들도 많이 만났다. 그런 상황 접할 때마다 자존심도 상하지만 자신도 특별히 강북구 사람이라고 드러내지 않았다. 일부러 숨긴 적은 없지만.

그래서 강북구에 부족한 것들이 많이 채워지면 좋겠다고 생각했다. 자신은 어릴 때 동네 골목에서 놀고, 뒷산 숲에 숨어 놀았지만 강북구에 아이들이 마음 놓고 뛰어 놀 공간이나 문화적으로 많은

체험을 할 수 있는 시설이 없는 것도 아쉽다. 그래서 강북구가 아이 키우기 좋고, 문화적으로 앞서 나가면서도 예전처럼 '이웃사촌'이라는 단어가 가장 잘 어울리는 정 넘치는 동네가 되기를 소망하고 있다. 아직은 아버지처럼 동네일에 나서고 봉사에 앞장서지 못하지만 언젠가 때가 되면 자신도 아버지와 함께, 혹은 아버지처럼, 지역의 크고 작은 일에 봉사하게 될 것이다.

박성수-박효진 부자의 이야기를 들으면서 나와 우리 가족을 떠올렸다.

부모님은 경찰관이던 아버지의 근무지가 서울로 바뀌면서 4남매를 이끌고 강북구로 이사 왔다. 4남매 모두 강북구에서 초중 고등학교를 다녔고, 대학을 졸업해 결혼할 때까지 이곳에서 살았다. 고향은 전라북도 장수군이지만 삶의 추억은 고스란히 이 곳 강북구에 쌓여있다. 두 형님과 막내 여동생은 이제 제 각각 다른 곳에서 살지만 나는 강북구에 뿌리를 내렸고 두 아들의 고향은 강북구이다.

먹고 살기 위해 서울로 올라와 치열하게 삶을 이어가야 했던 아버지 세대와 다르게 강북구에는 나와 두 아들, 그리고 박효진처럼 이곳이 고향이거나 삶의 터전인 사람들이 점점 많아지고 있다. 살다가 언제라도 바람처럼 훌쩍 떠날 수도 있었던 세대와 달리 우리 세대는 강북구가 삶의 터전이자 떠나더라도 강북구가 인생과 추억의 뿌리인 세대인 것이다.

그래서 강북구도 달라져야 한다.

새로운 세대를 위해 더 풍부해져야 하고, 변화가 있어야 한다.

부족한 것을 채워야 하고, 필요한 것을 만들어야 한다.

누가 대신 해주는 것이 아니고 이곳에 사는 사람들이 함께 만들어 가야 한다.

시골 마을 동네 청년회가 동네를 지키고 궂은일을 도맡았듯이 강북구의 새로운 세대가 자신의 목소리를 내고 변화를 이끌어야 한다.

아버지 박성수가 그랬듯이 아들 박효진도 지역에서 자기 역할을 찾을 것이다. 수작업에 머물렀던 작업을 전산화했고, 자기 업무 분야의 혁신을 꿈꾸고 있듯이 강북구의 새로운 모습을 만들어 나갈 것이다. 그 과정에 나도 한껏 힘을 보탤 것이다.

박성수-박효진 부자의 가업승계의 독특한 생각이 갖고 있는 멋진 결과를 응원한다.

그리고 젊고 유능한 강북구의 젊은 세대들, 그들이 만들어 나갈 강북구의 변화를 응원한다.

HISTORY

이민우 구상

박성수의 삼양동 이웃사촌이던 이민우 신한민주당 총재는 1986년 12월 이민우 구상을 발표한다. 신민당은 1984년 1월 김영삼과 김대중이 창당, 50여일 만이라는 짧은 선거일정에도 2월 12일 총선에서 제1야당이 됐다. 전면에 나설 수 없던 양김 대신 이승만 정권시절부터 꾸준히 야당에서 활동해온 5선 경력의 중진 정치인인 이민우가 총재를 맡았다.

1986년 12월 24일 연말 기자회견에서 '이민우 구상'이 발표된다. 7개항의 민주화 조치인 ▲언론자유 보장 ▲구속자 석방 ▲사면복권 ▲공무원의 정치중립 보장 ▲국회의원 선거법 협상 ▲지방자치제도 도입을 전두환 정권이 수용하면 의원 내각제 개헌에 응하겠다는 것이다.

양김과의 상의도 없이 이뤄진 발표에 신민당 내에서는 극심한 내홍이 벌어졌다. 1987년 5월 양김과 함께 상도동계 의원 35명과 동교동계 의원 32명은 신민당을 탈당해 통일민주당을 창당했다. 신민당에는 이민우와 내각제 개헌을 지지하는 소수의 의원들만 남았고 결국 이민우는 정계은퇴를 선언했다.

©문화체육관광부 문화데이터광장(www.culture.go.kr)

박대준

강북지킴이 구의원

불출마

국회의원이든 구의원이든, 선출직의 자리에서 자기 손으로 불출마를 선언하고 내려오는 경우는 매우 드물다. 특히, 다시 당선되는 일이 확실한 경우는 더욱 보기 어려운 일이다. 그래서 불출마를 선언하는 정치인은 욕심을 버렸거나, 사심이 없는 사람으로 칭송 받고 또 다른 정치적 기회를 국민들에 의해 얻기도 한다. 그만큼 선출직의 자리에서 스스로 물러나는 것은 어려운 일이다.

그런데, 강북구에서 그랬던 사람이 있었다.

박대준 전 구의원이 바로 그 사람이다. 1995년과 1998년 두 번의 지방의회 선거에서 무소속으로 출마해 쟁쟁한 정당들의 후보를 꺾고 당선되었다. 그것도 자신이 몸담고 있던 정당에서 공천배신을 당하고 난 뒤 어려운 상황에서의 출마였다. 악전고투를 통해 옛 미아2동 선거구에서 두 번이나 당선된 박대준 전 의원은 스스로 다음 선거 출마의사를 접었다. 나가기만 하면 당선됐을 것이라는 것이 동네 사람들의 확언인데도 불구하고 그는 왜 그 길을 접었을까? 이유는 너무나도 간단했다.

"집안 말아 먹겠습디다!"

비록 구의원이지만 동네에서 사람들 만나고 정치를 하다 보니 돈이 밑도 끝도 없이 들어가서 도무지 감당하기 어려웠다는 것이다.

"제가 술 좋아하고 사람도 좋아하죠. 명색이 구의원이라 어디서든 사람 만나면 제가 술값을 내야지 누가 다른 사람이 내나요. 처음 구의원 시작할 때 지금으로 치면 강남에 좋은 집 한 채를 살 정도인 5천만 원을 갖고 있었는데 구의원 두 번 하고 나니까 그 돈이 다 없어집디다. 오히려 빚만 한 2천만 원 정도 더 생겼습니다. 상가에서 월세도 받고 장사도 하고 있었는데 그 정도니 계속 할 재간이 없더라고요."

당시는 구의원들에게 회의수당 이외에 의정활동비가 월급처럼 지급되지 않았으니 의원활동으로 받아가는 돈은 없었을 때이다. 집에 쌓아 둔 재산이 많거나 뒷돈을 챙기지 않고서는 구의원 활동도 제대로 하기 어려웠던 상황을 반영하는 이야기이다.

1995년 3월 1일 분구된 강북구의 초대 구의원이자, 연거푸 무소속 당선되었던 생활 밀착형 정치인. 막걸리집, 서점 등을 하면서 삼양시장 인근의 자영업자로 강북구 삼양동에서만 50년을 살아 온 박대준 전 구의원의 인생 이야기는 멀리 전남 영암군 삼호읍에서 시작한다.

무작정 서울 상경

그의 고향 삼호면은 지독한 시골이었지만 지금은 대불대학교가 있고 현대중공업 삼호조선소가 있는 삼호읍으로 엄청나게 크게 변했다. 그곳에 있는 서창초등학교 36회 졸업생인 박대준은 중학교는 목포 유달중학교, 고등학교는 광주 조선대학교 부속고등학교를 졸업했다. 일찌감치 고향을 떠나 객지 유학생활을 한 것이다. 1945년생인 그의 나이를 생각해 보면 그 시절 집안 형편이 넉넉하지 않았으면 불가능했을 일이다. 유복자로 태어나기는 했지만 많이 배운 집안 어른 분들이 계셨고 그런대로 부잣집이었다. 게다가 집안에서도 막내였다. 중고등학교 유학생활 뿐 아니라 고등학교 졸업하고 서울로 휑하니 무작정 상경할 때에도 주머니에 돈은 제법 챙겨서 올라올 정도는 됐다.

처음 서울에 올라 와서 자취생활을 시작한 곳은 종암동이었다. 지금의 종암경찰서 부근이었다. 중학교 때부터 객지생활을 했던 탓에 농사일은 전혀 할 줄 몰랐고 그 당시에는 서울에만 오면 뭐든 일거리도 찾고 살 길도 열릴 것으로 막연하게 생각했다. 하지만 현실은 만만치 않았다. 여러 차례 서울과 고향집으로 오르락내리락하며 생활비만 축내고 말았다. 그렇게 박대준의 첫 서울생활은 무기력하게 흘러가 버렸다.

베트콩 대신 병마와 싸워야 했던 월남전

그러다 1966년 군에 입대했다. 군 생활을 14개월 정도 했을 때쯤 맹호부대 일원으로 월남 땅을 밟았다. 월남전 참전은 스스로 결정한 일이었다. 조건만 허락하면 월남 근무도 오래할 생각이었다. 근무지는 퀴논이었는데, 사단 인사계에서 근무해 전투에 나간 적은 없었다.

그런데 그에게 뜻밖의 일이 벌어졌다. 근무를 시작한 지 얼마 되지 않아 말라리아에 걸린 것이다. 증상이 심각했다. 몸무게는 무려 36kg까지 빠졌고 혼자서는 화장실도 가지 못할 정도로 상태가 악화되었다. 하루에도 두 번씩 40도가 넘는 고열에 시달리며 사경을 헤맸다. 열이 좀 내려 눈을 떠보면 하얀 가운을 입은 사람들을 그를 내려다보고 있었다. 그 당시 병원에서 할 수 있는 응급조치라는 게 환자를 눕힌 다음 그 위에 판초우의를 깔고 얼음으로 환자를 덮는 것이 다였다. 열을 내리기 위한 처방이었다.

월남 파병갔다가 말라리아에 걸려 치료받던 병원에서

3개월을 말라리아에 시달리면서 죽을 고비를 여러 차례 넘겼지만 완치가 되지 않자 결국 후송 조치가 내려졌다. 후송할 때 들은 이야기로 말라리아 때문에 입원했던 사람 중에 살아 후송 조치되는 건 박대준 한 명이라고 했다.

"후송 조치하면서 거기 근무하는 위생병이 그럽디다. 선산에 묘를 잘 썼는가 보다고. 그게 무슨 말이냐고 물었더니 저 보다 상태가 좋았던 사람들도 다 죽었는데, 저만 살아남았다고 하는 겁니다. 제일 중환자였던 제가 살아남았던 이유는 그 당시 막 개발된 신약이 있었는데 가장 상태가 심각하니 저한테 물어 보지도 않고 투약을 했다는 거예요. 한마디로 임상실험을 한 거죠. 요즘 같으면 본인 허락 없이 큰일 날 일이지만 그 덕분에 제가 살아난 것일 수도 있죠."

총만 들지 않았지 병마와 목숨을 건 전투를 치른 셈이고 구사일생으로 살아남았다. 귀국길도 편치만은 않았다. 박대준의 몸 상태가 너무 좋지 않아 본국 송환 명령이 떨어진 것이었지만 한 번에 돌아오지 못했다. 필리핀 클라크 공군기지를 거쳐 오키나와 미군기지를 통해 공군 수송기를 타고 며칠에 걸쳐 돌아왔다. 그렇게 해서 도착한 곳이 대구 제1육군병원이었다.

병원에서는 의가사 제대를 시키려고 했지만 박대준이 버텼다. 군대에서 걸린 병인데 군대에서 낫지 못하고 덜컥 제대했다가 다시 아프면 큰일이겠구나 싶었다. 병 치료한다고 집안 거덜나게 하는 것보다는 군대에서 끝을 보는 게 낫겠다는 판단 끝에 버티고 버티다 영덕에서 있는 50사단 121연대에서 제대했다. 제대한 날짜를 짚어보니 1969년 6월이다. 1966년 8월에 입대해 3년 시간 동안 여러 곳을 돌아다니며 많은 일을 겪었다. 참으로 파란만장한 군 생활이었다.

삼양동 막걸리 선술집

제대 후 고향집에서 8개월 정도 몸을 추스른 박대준은 군 입대

삼양시장이 막 들어서던 시절의 청년 박대준

하기 이전의 박대준과는 다른 사람이었다. 이래도 그만 저래도 그만이었던 철없던 시절처럼 빈둥거리며 살 수 없었다. 이번에는 서울에서 제대로 자리를 잡아야 한다는 절박감이 있었다. 그래서 고향집에서 당시 돈으로 50만원을 들고 올라 왔다. 마지막이라고 생각했다. 50만원이면 그 당시에 웬만한 집 두 채 정도를 살 수 있는 액수였다.

1970년 5월, 그는 삼양동에 자리를 잡았다. 지금도 살고 있는 집 근처이다. 그 때부터 지금까지 50년 가까이 동네를 벗어나지 않고 한 자리를 지키며 살고 있다.

그렇게 시작한 것이 음식점 장사였다. 음식점이라고 해봐야 손님들이 막걸리를 주로 시켜 먹고 마시는 술집이었다. 지금 삼양시장오거리 롯데마트 건너편에 자리 잡고 있던 삼양교통 입구에 가게를 열었다. 자리가 좋았던 것인지 싸구려 막걸리 선술집이 주머니 가벼운 동네 사람들 취향에 맞았던 것인지는 모르지만 장사가 아주 잘 됐다. 손님들이 줄을 서서 먹고 마셨다.

개업한 다음 날 막걸리만 4말을 팔았다. 혼자 손님을 치르던 총각 때 하루 20말까지 막걸리를 팔아 봤고, 결혼 한 뒤 최고 많이 팔았던 날은 하루에 막걸리 36말을 팔았다고 기억한다. 엄청난 양이다.

당시 손님들은 가벼운 주머니 사정 때문에 저녁식사를 대신해 막걸리 서너 잔으로 요기를 때우는 경우가 많았다. 안주라고 해봐

야 말린 북어 찢어 놓은 것이나 튀김 한 두 개 놓고 마시는 것이 대부분이었다. 안주에서는 돈이 남지 않았고 막걸리를 받아다 판 양만큼 이윤이 남는 장사였다.

도시는 커져가고 시골에서 올라 온 사람들이 밀려들면서 강북구와 삼양동에 인구가 늘어나던 때였다. 장시간 저임금에 시달리면서도 하루 노동의 피로를 막걸리 몇 잔으로 씻으려는 젊은 노동자들이 퇴근 시간에 맞춰 선술집 앞에 줄을 섰다. 서너 명, 많으면 다섯 명씩 아이들을 낳고 키웠던 시절 무거운 가장의 책임과 가벼운 월급봉투 사이에서 힘겨웠을 젊은 아빠들은 박대준의 선술집에 들러 싸구려 안주에 막걸리 몇 잔을 들이켰다. 박대준의 선술집은 그렇게 시대의 활력을 담아냈고, 그 시절 젊은 노동자들과 젊은 아버지들의 노고를 치하했다.

김대중 열성당원

싸구려 선술집이었지만 박리다매 영업이 가져다 준 이익은 적지 않았다.

12년 동안 운영한 막걸리집 덕분에 박대준은 집을 두 채를 샀다. 은행에도 5천만 원 예금 잔고가 있었다. 12년 선술집을 운영하고 나니 아내가 술만 파는 게 아니고 마시기도 많이 마신다고 걱정하다 그만 접자고 이야기했다. 생각해 보니 그 말도 일리가 있고 이젠 뭘 해도 잘 할 수 있겠다는 자신감도 생겼다. 선술집을 접고 잠깐 건축일도 했다. 그러다 매입해 둔 단층건물 상가에서 서점을 운영했다. 선술집만큼 돈을 벌수는 없었지만 책은 원 없이 읽었고, 신일, 서라벌, 창문, 정의 등 인근 고등학교 참고서를 가져다 팔면서 장사도 제법 잘 됐다. 신학기가 되면 학교별로 참고서를 채택하고 학생들이 그 참고서를 찾았다. 짧은 등교 시간에만 10만원 어치를 팔기도 했다. 그렇게 16년간 서점을 운영했다. 강북구가 분구되기 전에 도봉구 전체에 34개 서점이 있었는데 박대준의 서점이

정우서점을 운영하던 시절 아내와 함께

1995년 제1회 전국지방선거 출마 당시 벽보

네 번째로 책을 많이 팔았다. 천성이 부지런한 덕분이었다.

구의원으로 출마한 것은 서점을 운영하던 때였다.
그 당시 김원길 국회의원이 구의원으로 출마를 해보라고 권유를 했다. 1995년 강북구가 도봉구와 갈라져 분구하기 전 원래 미아2동 구의원을 하던 사람이 서울시의원으로 출마할 예정이니 그 자리를 준비하라는 것이었다. 본인이 이렇다 저렇다 결정도 하기 전에 같은 자리에 있던 사람들이 소문을 내는 바람에 온 동네에 출마가 기정사실화되었다. 꼼짝없이 출마해야겠구나 싶었는데, 나중에 시의원으로 출마하겠다던 사람이 그냥 구의원으로 눌러 앉겠다고 했다. 박대준만 진퇴양난에 빠지게 되었다. 출마를 권유했던 김원길 의원은 말을 바꿨다. 예나 지금이나 정치인의 말이라는 게 하루아침에 뒤집히는 경우가 많다지만 이건 너무한다 싶었다. 무소속으로 출마를 결행했고, 당선되었다.

선거에 출마하고 구의원이 된다는 생각은 해 본적이 없었지만 박대준이 정치에 관심을 가진 것은 오래된 일이었다.

1971년 대선에 고향에서 당시 김대중 대통령 후보의 선거운동을 열심히 했다. 서울에 있다가 내려간 김에 선거운동을 돕기 시작한 것이다. 그런데 선거운동이 한창이던 어느 날 아는 경찰이 찾아왔다. 여기 있으면 안 좋다고, 멀리 떠나라는 경고인지 권고인지 모를 이야기를 해줬다. 선거가 끝나기 전이었는데 그런 이야기를 들

으니 걱정스러웠다. 고향에서 투표도 하지 못하고 쫓기다시피 서울로 올라와야만 했다. 그 덕분에 대광고등학교에서 열린 김대중 후보의 마지막 선거유세에 갈 수 있었다. 사람이 너무 많이 몰려 넘어지고 다치는 일이 벌어졌다. 새로운 시대가 열리는 줄 알았다. 그만큼 1971년 대통령 선거는 젊은 정치인 김대중과 함께 국민들의 변화에 대한 열망이 넘실거렸다. 하지만 그 결과는 모두가 아는 것처럼 안타깝게 끝났다.

그렇게 시작한 정치인 김대중에 대한 애정은 1980년대, 1990년대까지 이어졌다.

삼양동에서 야당 지지자로 살아가다 보니 집권당 쪽에 미운털이 박혔던지 전두환이 집권하고 나니 분위기가 살벌했다.

하루는 아는 경찰이 어서 몸을 피하라고 알려줬다. 삼청교육대로 잡아갈 리스트에 올라가 있다는 것이었다. 그 길로 가게 문을 닫아걸었다. 헌병이 두 번 잡으러 찾아 왔다고 들었지만 박대준은 이미 몸을 감춘 뒤였다. 다행히 삼청교육대로 끌려가는 수난은 피할 수 있었지만 힘든 시기였다.

김대중 총재가 단식을 하고 보라매공원에서 집회도 수시로 열었던 90년대에는 관광버스를 대절해 삼양동 사람들을 조직해서 갔다. 그 시절 야당 열성당원을 하는 것은 민주주의를 지키는 일이라고 생각했다. 집회에 나갔다가 고향에서 올라온 사람들을 만나는 일도 더러 있었다. 당시 전국적으로 그런 열정들이 모여 야당을 지키고 민주주의를 지켰다. 워낙 전라도 출신이 많은 삼양동에서는 1987년에도 김대중이 당선되는 분위기였고, 국회의원 선거에서도 삼양동이 포함된 선거구에서는 한 번도 민정당계에게 자리를 내주지 않았다. 야당 한다고 눈치 보는 대신 그런 게 자부심이라면 자부심이었다.

이 같은 젊은 시절 알게 된 김대중에 대한 애정, 긴 세월 험난한 시절 야당을 지켜왔던 열정이 있었기 때문에 오늘의 민주당이 있을 수 있었다. 그 덕에 정권교체도 할 수 있었고, 세상의 변화도, 남북관계의 변화도 만들어 낼 수 있었다. 그 변화를 만드는 한 구석에 박대준이라는 '김대중 열성당원'이 있었고 전국에 박대준 같은 수많은 열성당원들이 있었던 것이다.

청구하지 않은 외상장부

그런데 민주당의 입김이 그렇게 센 삼양동에서 어떻게 무소속으로 당선된 것일까? 가만히 있는 사람 부추겨서 출마하도록 해놓고 공천 못 줄 상황이 되니 없었던 일로 하자는 소리에 약이 바짝 올랐다. 무소속으로 출마하는 일이 쉬운 일이 아니었지만 동네 민심을 한번 믿어 보기로 했다.

"선거비용이 걱정이기는 합디다. 후보라고 명함 나눠주고 다니다 보니 돈을 요구하는 사람들이 생겨요. 대부분 통장들이거나 동네 유지들이야. 나는 당선되고 싶으니까 주고 싶은 마음이 꿀 같지. 그래서 집에 와서 아내랑 의논을 했어. 아내가 그러더라고. 상대 후보가 나보다 부자인데, 돈으로 선거하기로 하면 내가 이길 수가 있겠냐고. 그 말이 정답이야. 일체 돈 쓰지 않고 선거를 치른다고 각오했어요. 힘들었지만 그러기를 잘했고."

그래도 돈을 안 쓴 게 아니다. 박대준의 기억으로 첫 번째 선거에서 당시 돈 3500만원이 들어갔고 두 번째 선거에서는 2500만원을 썼다. 은행에서 돈을 찾아다 현금을 놓고 썼기 때문에 분명히 기억한다. 돈 선거를 하지 않기로 마음먹었지만 공식적으로 들어가는 선거비용과 후보자 활동비며 차량 운영비, 밥값 등만으로 그만큼 쓰였다.

그래도 인심은 잃지 않았던지 선거운동을 하다 보니 동네 사람들이 호주머니에 돈을 찔러 넣어주는 경우가 생겼다. 오천 원, 만 원의 소액이 대부분이었다. 1995년 첫 번째 선거에서 그 돈을 헤아려 보니 무려 850만 원 정도나 되었다. 1998년 두 번째는 그렇게 호주머니에 들어온 돈이 갑절로 불어났다. 1600만 원 정도의 소액 후원이 있었던 것이다. 결국 두 번째 선거에서 본인 돈은 900만 원 정도밖에 쓰지 않은 셈이 되었다. 어디서 이런 인심을 얻었을까?

"막걸리집 정리할 때 외상값이 무려 920만원이나 됐어요. 그 때 그 돈이면 삼양동 집 두 채는 살 수 있었죠. 아내하고 의논한 끝에 그 돈 주면 받고, 안주면 깨끗하게 정리하자고 했죠. 이미 선술집 덕분에 돈을 벌만큼 벌었는데 남의 집에 외상값, 술값 달라고 찾아가지도 말고 얼굴 봐도 말도 꺼내지 말자고 하고 말았지."

두꺼운 노트 두 권 가득 적혀 있었던 숫자는 외상값이 아니라 숱한 사람들의 다양한 사정들을 담고 있었다. 한 사람이 많아야 외상값은 2~3만 원 정도에 불과했다. 길었던 노동의 노고와 가장의 무거운 책임을 잠시 잊게 해주던 막걸리 몇 잔의 사연이 남긴 외상값을 받으려고 안달하고 싶지 않았다. 노트는 깨끗하게 불살랐다.

그렇게 남몰래 외상값을 털었던 일이 십 몇 년이라는 세월이 지나 선거에서 힘을 발휘할 줄은 꿈에도 몰랐다. 선거운동을 하는 중에도 주변 사람들은 여러 번 그 일을 이야기했다.

'미아2동에서 박대준이 공술 안 먹은 놈이 누가 있어?'

그제야 왜 사람들이 호주머니에 꼬깃꼬깃 지폐 한 장씩을 말아 넣어주고 자발적으로 선거운동을 해주고 자기 일처럼 당선을 기뻐해주었는지 알 수 있었다.

세상일은 참으로 알 수 없다.

막걸리 외상값을 받지 않는 대신 동네 민심을 얻었고, 외상 장부를 없애버린 대신 무소속의 외로움을 느끼지 않을 응원을 얻었다.

재물 욕심을 내면서 권력을 가지려는 정치인들, 정치권력을 가지고 재산을 불리려는 사람들이 많은 요즘 삼양동의 초대 구의원 박대준이 남겨주는 향기가 묵직하게 느껴진다.

국회의원을 하고 있는 나는 어떤가 생각해 봤다. 작은 이익 하나도 포기하지 못하면서 대의를 나열하고 있지는 않은가 부끄럽게 반성한다.

박대준의 아들

내가 박대준을 처음 만난 건 2000년 민주노동당 후보로 처음 국회의선 선거에 도전했던 29살 때였다. 민주노동당은 2000년 1월에 창당을 했고 그 해 4월에 총선을 치렀으니 사실상 제대로 된 선거 준비는 하나도 하지 못했다고 해도 과언이 아니었다.

동네에 아는 사람도 많지 않았고, 지역 관련 공약도 제대로 만들지 못했다. 게다가 갓 창당 신고를 마친 원외 소수정당의 지명도 없는 신인의 도전은 누구에게도 주목받기 어려웠다.

할 수 있는 선거운동이라고는 명함을 들고 상가를 찾아가 한 명 한 명 직접 만나는 것 밖에는 없었다. 골목을 하나 정하고 꼼꼼하게 문 두드리고 들어가 자기소개하고 인사 나누는 방법만이 당시 내가 할 수 있는 선거운동의 전부였다.

그렇게 상가방문 선거운동을 하던 어느 날 〈정우서점〉이라는 곳을 들어가 책방 사장님에게 인사를 건넸더니 엄청 반가워하며 자기가 누구인 줄 모르냐고 물었다. 멋쩍어 하면서 모르겠다고 하니 자기가 이 동네 구의원이라고 하면서 웃는다. 바로 박대준 구의원이었다.

지금 생각해보면 어이없는 일이다. 국회의원이 되겠다는 사람이 동네 구의원이 누구인지도 모르면서 출마를 한다는 게 얼마나 한심한 일인지 모른다. 20년이 다 된 일이라 그날 첫 인사에 무슨 이야기를, 얼마나 나눴는지는 기억나지 않지만 그가 20대 새파랗던 나를 격려해주고 등 두드려 주던 일은 고스란히 생각난다.

그 해 국회의원 선거에서 나는 13.3%의 득표로 3위를 했다. 7명의 쟁쟁한 후보들이 출마했는데 신생 원외정당의 20대 젊은 후보에게 그만한 표를 모아준 지역주민들의 마음은 '격려와 응원'이었을 것이다.

선거가 끝난 후 낙선 인사를 위해 서점에 다시 찾아 갔다.

박대준은 환하게 웃으면서 반가워했다.

내가 받은 득표율에 놀랐다면서 대단한 성과를 거뒀다고, 앞으로 잘 될 것이라면서 이런 이야기를 했다.

"이 말을 해주면 더 기운이 날 것 같아서 하는 말이요. 선거 당일 아들놈이 집에서 늦잠을 자고 있기에 억지로 깨워서 투표장에 끌고 갔죠. 투표 마치고 나오는데 '투표 잘했냐?' 물었더니 '네, 잘했죠. 5번 찍었어요' 하더라고요. 지 아버지가 민주당 후보 지지하는 줄 뻔히 알면서 5번을 찍었다니 어이가 없더만요. 왜 그랬냐 물었더니, '젊은 사람이 씩씩해 보이고 정치 잘 할 것 같아서'라고 합디다. 젊은 사람들 기대가 크니 앞으로 잘 해봐요."

박장대소 하면서 이야기를 나눴지만, 그 때 그 이야기가 얼마나 큰 힘이 되었는지 모른다. 누가 날 찍었는지, 왜 찍었는지도 모르고 그 많은 표를 받았으니 내가 준비가 덜 된 후보였다는 것은 분명하지만 그 해 그 표를 모아 준 강북구 주민들 덕분에 지금까지 지치지 않고 정치인의 역할을 해 나가고 있다. 국민들의 소중한 선택에 버리는 표, 즉 '사표'란 없다.

평범함의 힘

박대준은 구의원 선거에 불출마 한 뒤 서점 일에 집중했다. 그러나 서점은 인터넷의 발달과 함께 사양길에 접어들었다. 가게를 세 놓고 월세를 받는 것이 서점 운영보다 더 낫게 되자 그는 과감하게 서점을 정리했다. 그 즈음 박대준도, 아내도 암 진단을 받았다. 힘든 항암치료를 잘 견딘 덕에 15년이 지났지만 다행히 암은 재발하지 않고 건강하게 지내고 있다.

막걸리 장사할 때 집과 상가를 사 둔 덕분에 거기에서 나오는 월세로 손 벌리지 않고 살 수 있어 그 또한 다행이다.

다른 일을 하지 않는 덕분에 박대준은 여유롭게 동네 사람들을 만난다. 그도 이제 70대 중반의 나이이지만 매일 아침 배드민

“이 삼양동 시장 골목 앞에 서점만 20년 했어”

턴 라켓을 등에 짊어지고 산에 오른다. 건강을 지키기 위한 생활 습관이다.

삼양동 뒷산, 북한산 자락에 터를 잡은 배드민턴 클럽엔 비슷한 나이의 ‘젊은 노인네’들이 많이 모인다. 산에 오르기 위해 삼양동 비탈길을 오르고, 막걸리라도 한 잔씩 마시기 위해 약수도 아침마다 마신다.

박대준의 아내는 지역공동체 사업의 일환으로 서울시와 강북구가 지원하고 있는 주민자치모임 〈양지마을〉의 회장으로 일하고 있다. 아내의 열정과 일솜씨는 한창 때의 구의원 박대준보다 낫다. 박대준은 그런 아내가 든든하고 보기 좋다.

50년 세월이 흐르는 동안 박대준 부부가 살고 있는 삼양시장과 삼양동은 참 많이 변했다. 사람들도 많이 달라졌다. 그러나 여전히 이곳에서 삶을 이어나가는 상인들과 주민들은 더 나은 내일을 그리며 삼양시장 뒷길을 따라 골목을 오르내린다. 박대준도 50년 지켜온 골목길에서 그들의 발걸음을 지켜본다.

"동네도 사람들도 많이 변했지요. 그러나 사람들끼리 아침마다 인사 나누고, 정을 나누며 살아가는 모습은 옛날이나 지금이나 마찬가지이지요. 다만 조금만 더 문화공간, 주거 환경이 더 나아지면 좋겠고, 동네 발전을 위해 지금껏 묶여 있는 고도제한을 좀 풀어줬으면 좋겠어요. 지금 고도제한에 묶여 삼양로 주변에는 건물을 5층, 20m 이하로만 지어야 해요. 이 지역 주민들의 가장 큰 애로가 바로 그것인데, 이제 지금 정치하는 분들이 잘 풀어 가시겠지?"

은근히 동네 숙제를 내게 내민다. 지역주민들의 오랜 숙원사업이고 민원이지만 쉬운 일이 아니다. 삼양동의 고운 모습은 지키면서 지역의 발전을 모색하는 일은 한 두 사람의 힘으로 되는 일도 아니다. 정을 나누고 밝은 모습으로 이웃들과 함께 살아가는 강북구를 지키고 만들어 가는 일은 박대준처럼 지역에 뿌리박은 평범한 사람들이 해줘야 할 일이다. 박대준의 아내가 하고 있는 일도 그런 일이다.

박대준과 그의 아내, 평범한 강북구의 힘을 응원하다.

HISTORY

강북구의회의 역사

우리나라 지방자치의 역사는 짧다. 대한민국의 지방자치는 1949년 7월 지방자치법 제정으로 시작됐다. 1952년 첫 지방의원 선거가 치러졌고, 1960년 주민 직선에 의한 지방자치단체장 선거가 시행되었다. 하지만 1961년 5.16쿠데타와 함께 사실상 지방자치제가 폐지됐다.

지방자치제 부활의 움직임이 시작된 것은 1987년 6월 항쟁으로 1988년 법이 전면 개정되면서부터다. 1991년 3월 26일 지방자치가 중단된 지 30년 만에 역사적인 지방의회 의원선거가 치러졌고, 1991년 4월 15일 초대 기초구의회가 구성됐다. 강북구의회는 1995년 3월 1일 도봉구에서 강북구가 분구되면서 개원했다.

1995년 6월 27일 지방선거를 통해 최초의 독립적인 강북구의회가 꾸려졌고, 2019년 현재 2018년 6월 13일 지방선거에서 선출된 14명의 구의원으로 구성된 제8대 강북구의회가 운영되고 있다. 구의회 의원은 주민의 대표자로서 의회의 의사결정에 참여하는 권한과 성실한 직무수행을 위한 의무를 부여받는다.

©강북구청

에필로그

감사의 글을 적습니다.

처음 이 책을 구상할 때 인터뷰를 위해 만난 사람들의 인생 이야기(His 혹은 Her story)에만 관심이 있었지 그들의 삶에 대한민국 현대사(History)가 그토록 깊게 들어와 있을 줄은 전혀 예상치 못했다. 사람과 시대를 들여다보는 내 인식의 수준이 그만큼 좁고 어렸다는 생각이 든다. 처음 강북구와 인연을 맺은 평범한 사람들의 인생 이야기를 담담하게 풀어갈 생각이었던 인터뷰를 진행하며 대한민국의 현대사를 만나고, 그 현대사를 이 책에 다양한 시각을 통해 오롯이 담아낼 수 있었던 것은 큰 행운이다.

이 책은 꽤 오래전부터 머릿속에서 구상이 시작되었지만, 막상 지난 2월 심재억 씨부터 첫 인터뷰를 시작하면서 보통 일이 아님을 금세 깨달았다. 그의 방대한 인생사에서 어떤 주제로 이야기를 풀어가야 할지부터 만만치 않았다. 내가 이해한 이야기가 정말 그의 인생 실체와 맞는 것인지 장담할 수 있을까? 부담스러웠다. 자칫 이야기가 나열적으로 흐르거나 인터뷰 대상의 살아있는 이야기가 아닌 글로 옮기는 박용진의 이야기가 될지 모른다는 불안감에 나는 떨어야 했다.

이 책에서 그들의 이야기가 제대로 전달되었다면 그것은 오로지 인터뷰에 참여해 준 10명의 대상자들이 솔직하게 자기 인생의 속살을 드러내 준 덕분이다. 부족한 것이 있다면 한 사람의 인생을 오롯이 글로 옮기기에 부족한 내 능력 탓이다.

책을 쓰는 몇 달 사이 정신없이 바빴다.

국회가 소란했다. 공수처법과 선거법 등을 둘러싼 패스트트랙 정국이 소용돌이 쳤다. 나도 국회와 함께 소용돌이에 무력하게 빨려 들어갔다. 책 쓰기가 한가해 보이지 않을까하는 걱정도 들었다.

박용진 의원실이 주도한 유치원 개혁을 위한 유치원 회계부정 3차 리스트 공개로 다시 한 번 대한민국이 출렁였다. 유아교육 개혁에 맞서던 한유총은 국민의 공적이 되었고 결국 해산절차를 맞이했다. 이 일 때문에 벌어지는 온갖 문제에 정면으로 대처해야 하다 보니 책을 써야 할 집중력이 흐트러지기도 했다.

또 삼성바이오로직스 분식회계 사건을 둘러싸고 사회적 관심과 분노가 커졌다.

이 책을 쓰는 와중에도 총 100회를 목표로 한 <재벌개혁과 경제민주화를 위한 국민 속으로 강연 100보>는 일주일에 한 두 번씩 꾸준히 계속되었다. 재벌개혁과 경제민주화는 내 국회의원 활동의 핵심 사안이기 때문이다. 이 책을 마무리할 즈음에는 삼성바이오로직스 공장 마룻바닥을 뜯어내고 분식회계 및 합병 모략의 증거자료들을 숨겼다는 사실까지 드러났다. 외롭게 소리 높이고, 싸워나갔던 삼바 문제에 갑작스레 관심이 쏟아졌다. 갑자기 언론과 사람들이 박용진을 찾기 시작했다. 무관심에 놓여 있을 때에 비하면 고마운 일이었지만 책을 마무리해야 할 단계에 또 한 번 집중력이 흔들릴 수밖에 없었다.

그 와중에도 책이 계획대로 출판될 수 있었던 것은 오로지 박용진 의원실의 보좌진들이 흔들림 없이 역할을 해주었기 때문이다. 박상필, 김성영 보좌관, 이시성, 이미혜 비서관, 그리고 조대희, 강기철, 김민영, 이재혁, 서다은 비서, 김의겸 수행실장이 그들이다.

특히 전문가 수준의 인터뷰 사진촬영을 담당해 준 박상필 보좌관과 인터뷰 녹취를 풀고 자료를 수집하고 팩트체크를 담당했던 이미혜 비서관의 노고가 컸다. 이 책의 글은 오롯이 내가 썼지만 이 책을 만드는 수고는 출판사와 이 두 사람의 몫이었다. 책에 생명력을 불어 넣어 준 그림을 그려 준 박상주 님과 CWC 출판사에도 감사의 인사를 드린다.

상투적인 것 같아 안 쓰려고 했지만 생각해보면 가족의 응원 없이 책이 제대로 쓰일 수 없는 일이다. 언제나 내 편만 들어주는 부모님께 감사드린다. 점점 더 자기만의 삶에 집중하기 시작한 중학생 아들 수영이와 씩씩한 초등학생 둘째 아들 준영, 늘 묵묵한 아내 조형숙에게 고마운 마음을 표현한다.

2019년 5월 부처님오신날 아침에

박 용 진

평범한 사람들의 위대한 인생

사람

초판 1쇄 | 2019년 5월 31일

지은이 | 박용진
사진 | 박상필
그림 | 박상주
펴낸이 | 김기헌
책임편집 | 김미경
디자인 | 배인숙
경영지원 | 윤순재
마케팅 | 신재욱
펴낸곳 | 도서출판 CWC

주소 | 서울 금천구 독산로 67길 16, 301호(독산동)
전화 | 02-2266-1490
팩스 | 02-2266-3018
등록 | 제 2019-000034호

ISBN 979-11-967092-0-4

책 가격은 뒷표지에 있습니다.
파본된 책은 바꾸어 드립니다.